Story Seller

Hiro Arikawa

Shinchosha

ストーリー・セラー
Contents

Side: A
5

Side: B
107

装幀＊新潮社装幀室
本文写真＊広瀬達郎
（新潮社写真部）

ストーリー・セラー

Hiro Arikawa
Presents
Story Seller

Side: A

「仕事を辞めるか、このまま死に至るか。二つに一つです」

医師は淡々と宣告した。宣告を受けているのは彼一人で、彼の妻に関する宣告だった。

＊

「あなたの奥さんは大変に珍しい、かつて症例がない病に罹《かか》っています。我々はそういう結論に達しました」

「思考に脳を使えば使うほど、奥さんの脳は劣化します」

「健忘症や認知症になる、ということではありません。奥さんは最後の最後まで明晰《めいせき》な思考力を維持するでしょう。——死に至るその瞬間まで」

「劣化するのは『生命を維持するために必要な脳の領域』です」

「つまり、奥さんは思考することと引き替えに寿命を失っていくのです」

何だ、その安いＳＦ映画みたいな設定は。内心でそう突っ込みながら、彼は黙って医師の話を聞いていた。

「治療の方法はありません。複雑な思考を強いる今の仕事を辞め、日常生活でもできるだけ平易な思考を保つ——できれば、あまり物を考えないことが肝要です」

考えるな。物を思うな。

それを人に求めるのは、その人に人として在《あ》るなということと同じではないのか。

特に、彼の妻に対しては。

「日常生活で考える程度のことは考えても大丈夫です。テレビを観て笑う、本や漫画を楽しむ。それは刺激に対する反応ですから。しかし、そこから『何故これは面白いのだろう』などと感想を突き詰めて考えることはお勧めできません。『ああ面白かった』、そこで終わるのが重要です。会話も日常的な範囲なら大丈夫です、しかし議論などは危険です」

言うだけなら簡単なことを——実際あんたなら、あんたたちならできるのか？

外界に接して物を思わないなどということが。

彼は初めて質問した。

「彼女がそういう生活を維持できたとして、余命はどのくらいですか？」

「分かりません」

「分かりませんってあんたなぁ！」

思わず腰を上げた彼に、医師はあくまで冷静だった。

「奥さんがこの病に罹ってからどれくらい『寿命』を使ったか分かりませんし、健康体であった奥さんが本来ならどれくらいの寿命を持っていたかなど現代の医学では分からないのですよ」

ただ、このまま思考を続ければ奥さんの『寿命』は確実に失われていきます。

医師はまたその宣告を繰り返し、

「選択はあなたがたのご自由です。あくまでも今の思考量を維持したまま生活したいというのであれば、向精神薬の処方がある程度の助けになると思います」

殴りつけたくなるほど淡々とそう言った。

＊

病室の寝台で妻は点滴を受けていた。

彼が戻ってくると、笑顔になって上半身を起こした。妻は今日、精密検査を受けるために紹介された大学病院を訪ねており、彼はその付き添いだった。

「ああ、あなた。どうだった？」

どうすればいい。どう答えればいい。

こんな漫画みたいなバカバカしい話。

家に帰ってからにしよう。そう言おうかとも思ったが、そうしたら彼女は家に帰るまで検査の結果を気にして『思考する』だろう。精密検査は今日で六回目なのだ。その度に丸一日潰《つぶ》し、彼が付き添い、検査結果は中々出ない。彼女はもう自分に何かが起こっていることを知っている。

「仕事を辞めたほうがいいって言われたよ」

「そう……」

思ったより落ち着いているのは、予想（『思考』）していたのか、それとも点滴の精神安定剤が効いているのか。

「何で？」

病室は個室だ。もうここで話したほうがいいだろう。

「君は世界でたった一人の病人だ。――思考することで死に至る、という病気の」

「……何、それ」

「致死性脳劣化症候群、と名付けられたそうだよ」

彼の妻のためだけに名付けられ、彼の妻のためだけに使われる病名。

「複雑な思考をすればするほど君の脳は劣化する」

彼女は怯《おび》えたように顔を上げた。

「認知症になるってこと？」

「いいや」

強ばった彼女の顔がほっと緩《ゆる》んだ。そしてその反応で彼は彼女の選択を既に知る。

「自然な老化による痴呆が始まらない限り、君は死に至るその瞬間まで明晰な思考を保ち続けるそうだ」

「何が致死性なのか分かんないよ」

「劣化するのは『生命を維持するために必要な脳の領域』だそうだ。――つまり、君は思考することと引き替えに寿命を失っていく」

一番ひどいことはあなたから教えて。彼女が検査に応じたときに頼み、彼が誓った。

彼女は黙って話を聞いている。

「治療の方法はない。悪化させないためには努めて物を考えないこと。テレビを観るのはいい。映画を観るのも、本を読むのも。だけど『ああ面白かった』で終わること。どこが面白かったか、どう面白かったかを考えちゃいけない。会話もしていい、だけど『議論』になっちゃいけない。極力複雑な思考は避けること」

「……それで、あたしの寿命はどれだけ延びるの」

「分からない。君がこの病気にかかった時期は推測できても、そこから今までどれだけ『寿命』を使ったか分からないし、本来なら君がどれだけの寿命を持っていたのかも分からないから」

科学番組を観ながら、老化を司ると言われているテロメアＤＮＡについて二人で興味深く話をしたこともある。

そんなこともうできなくなるのだ。彼女の余命を保とうとするなら。

「……何ソレ」

いつの間にか再び俯《うつむ》いていた彼女が激しく顔を上げる。

「何観ても何読んでもろくにあなたと話もできなくなって、面白いねー面白くないねー、ふーん、へーえ、そーおって中身のない会話だけあたしにしてろってか！　モノ考えたらいけないからって二人で興味のある番組観たり感想話したり、そういうこともやめて四六時中ぼんやりしとけってか！　映画も！　本も！　漫画も！　雑誌も！　ニュースも！　あたしは一体どこのお人形だ、どこのショーケースに入ってればいいのか言ってみろ！」

彼女は職業柄、感情の振り幅がでかい。特に怒りにスイッチが入ったら、どんどん思考が加速して加速して――

「その医者ここに連れてこい！　あたしに今から息だけして生きていけってか！　あたしの前でそう言ってみろ！」

彼女は枕を摑《つか》んで振り上げ、その腕に刺さっていた点滴の針が抜けて管が躍った。

「落ち着け！」

血痕《けっこん》の飛んだ枕を投げつけられてから、彼は彼女を思い切り抱き締めた。

今こうして怒っていることで、彼女の脳がどれだけ思考のために回転しているのか。想像するだに恐ろしかった。

彼女は一瞬で沸点に達したのが嘘のように彼の腕の中に肩を縮めて収まった。その肩が細かく震えている。

恐いから彼女は怒る。怒れば怒るほど彼女は恐がっている。それが分かるまでに何年かかっただろう。

「一番ひどいことだから俺が言った。君がそう頼んだ」

彼女はうなだれるように頷《うなず》いた。

「大丈夫だ。どんなひどいことになっても俺がいるから」

——最後まで。

「だから家に帰ろう」

「……家、帰って、どうするの」

電池が切れかかったように、切れ切れに彼女は尋ねた。

「取り敢《あ》えず今までと変わらないよ。毎日きちんと薬を飲んで無理せず暮らす。通院はいつもの病院で、診断書や処方箋なんかは今日ここの受付でもらえるからそれを次の通院のときに出せばいい。——仕事を辞めるか辞めないかは、これからゆっくり考えよう。焦って『思考』するのが一番脳に負担がかかるらしいから」

そして彼はナースコールのボタンを押した。

点滴の針が抜けたまま、彼女の腕からは血がだらだら流れている。診察服にも真っ赤な染みがあちこちついていた。

「すみません、ちょっと点滴の針が抜けてしまいまして」

それだけ告げてコールを切り、彼は彼女を寝台に寝かせた。

「点滴が終わったら家に帰ろうな」


——こんなことになると知っていたら。

Side: A

彼は横になった彼女の髪を撫《な》でながら思った。
俺は、絶対、あのとき君にあんなことを勧めなかったのに。

彼女は同じデザイン事務所に勤めていた同僚だった。

事務所はそれなりの街中にあったから、昼の休憩になると女子社員たちは適当に時間を合わせ、近所で評判の店に食べに行くのが主流だった。

そんな中で彼女は「金欠だから」と事務所に残って弁当を食べていることが多かった。何でも一人暮らしらしく、地元の実家から通っている他の女子社員に比べて締まり屋だったらしい。

社内では弁当持参の女子というのが珍しかったので、何度かちらちらとその弁当を覗《のぞ》いたことがある。男なら同じ弁当箱が二つはないと足りない、という控えめなサイズの弁当箱に、小さく握ったおにぎりが二つと、どうやら晩飯の残り物らしいおかずが定番だった。

「いつも弁当作るのめんどくさくない？」

そう話しかけたことがある。おじさん社員とはよく喋《しゃべ》る彼女は、彼が話しかけるといつも緊張したように背筋を伸ばしていた。

「あ、でも晩ごはんのときに多目に作っとけばいいだけだから。煮物とか一週間分まとめて作るし。だから実はいつも手抜きなの、瓶詰めの佃煮とかお漬け物で水増ししてるし」

恥ずかしいからあんまり見ないでね。彼女はそう言って照れたように頭を掻《か》いた。

あまり女の子らしくない、少年っぽいその仕草がちょっと印象に残った。

「でも毎日飯作ってるなんてすごいよな」

「すごくないよ、一人暮らしだと切り詰められるのエンゲル係数しかないし、やっぱり欲しい物とかいっぱいあるし」

ふっとそこで彼女との会話に妙味を覚えた。

——エンゲル係数。

普通の会話の中なら普通に「食費」と来そうなものだ。

堅苦しい単語を何気なく使う子だな、と思った。彼女と理屈っぽい会話をしたらどんなふうになるのかな、とも。


地元通いの女子に比べて一人暮らしの女子はやはり「切り詰める」ところが多いらしい。彼女は他の女子社員に比べると地味だった。

「やっぱり服飾費とか娯楽費とかね、あんまり潤沢《じゅんたく》に使えないよね」

服飾費。娯楽費。贅沢じゃなく潤沢。相変わらずぽんぽん出てくる微妙に口語らしくない単語。気づいているのは多分、彼だけだ。

地味な彼女に目をつけている若い社員はいなかったが、華やかな女子に引いてしまうおじさんには相変わらず人気があった。おじさん転がしが巧いらしい。仕事の手が早いということもある。自分でデザインができるわけではなくアシスタントだが、仕事が的確で早い。

いずれは自分でデザインを、と意欲を燃やす若い社員は男女問わず多く、そんな中で彼女は常にアシスタントに徹していた。自分のデザインを採用されたいとか、いずれはデザイナーとして一本立ちしたいというような野心もなく。

確かに彼女が採用された条件はアシスタントだったが、他にアシスタントで採用された社員もいて、彼らはアシスタントを足がかりにデザイナーという目標に登攀《とうはん》しようとしている。淡々とアシスタントに徹しているのは彼女だけだった。しかも使える。ある意味貴重な人材だった。

出社して彼女の頭を蹴飛ばしたことがある。床に寝袋を広げて寝ていることに気づかなかったのだ。彼女の机は出入り口に近く、机の下に寝袋を敷いて潜り込んでいた。

「ごめん！」

仮にも若い女性の頭を事もあろうに土足で。彼は焦ったが、彼女は蹴られたところをガリガリ掻きながら起き上がった。

「いえー。おかげさまでいい目覚ましでした」

「ごめん、俺、土足……ふ、風呂とか行ってくる？　この辺銭湯あるかどうか知らないけど」

「ネットカフェに行けばシャワーありますねー。でもこれ上げたら家帰れますんでー。もう少しだからいいです」

彼女は会社の備品になっている寝袋を畳み、自分の机に向かった。いつもパンツルックが多いのはこうした事態を想定してか。

「せめてソファで寝ればよかったのに」

「ソファ、たばこ臭いじゃないですか。こっち禁煙区画になってるから床のほうがマシです」

彼女はスタンバイにしてあったパソコンをもう立ち上げて、マウスをカチカチ動かしはじめた。

「誰がこんな仕事押しつけてったの」

仮にも若い女性に。終電がなくなって家に帰れなくなるような徹夜仕事を。

「課長です」

「あ、そう……」

さすがに上司が相手では噛《か》みつくわけにもいかない。彼のテンションは無駄に上がって無駄に下がった。

「終電までには上がると思ってたんですけど、ちっと手強かったですねー。でもまあ、私は一人暮らしなんで家で心配する家族もいないし。終電で帰るより泊まって帰るほうが安全っちゃ安全っていうか」

仮眠明けのせいか、いつもより言葉が雑だ。いつもは多少猫を被っているらしい。

ふと思いついたフレーズがつい口をついて出た。

「──猫、剝《は》げかけ」

彼女が画面上のデザインに細かい仕上げを施《ほどこ》しながら小さく吹き出した。

「何ですか、それ」

「今の君。いつも被ってる猫が剝げかけてるなって。意外と男らしかった」

猫、剝げかけ。猫、剝げかけ。猫、剝げかけ──彼女は口の中でそのフレーズを何度か転がし、ふむ、と頷いた。

「面白いです、それ」

いただき、と小さく付け足された。どういう意味だろう。

そういえば、デザインではアシスタントに徹していたが、キャッチコピーや何かでは彼女から意外なセンスが出てきて急場が凌《しの》がれたことが何度かあったなと思い出す。

彼女の後ろ頭は寝癖だらけだ。雑居ビルの事務所には洗面所くらいあるが、まだ顔すら洗いに行っていない。

「そんなに根詰めて仕事するのに、デザイナーになりたいとかいう欲はないんだ」

「ないですね。私より他のみんなのほうがセンスあるのは絶対だし。みんなはいずれ成功したらいいなと思いますよ、でも私は私で給料分のプライド持って裏方やってますんで」

選手ばっかじゃ試合できないでしょ、マネージャーも要るでしょ。

アシスタント業を極めるということかな、とそのときは理解した。

彼女はその日、課長が出社するまでに指示された仕上げを終わらせて、洗面所で申し訳程度の身支度を整えて昼前に帰っていった。

「便利だなぁ、彼女は」

悪気なくだろうがそう呟《つぶや》いた課長にむっとした。

「こんだけ根詰めてくれた部下に便利呼ばわりはないんじゃないですか。仮にも女の子にこんな無茶押しつけて、便利の一言で済ますのはどうかと思いますよ」

女子を一人で泊まり込みさせるなどということはさすがに今までなかったはずだ。

「そうですよぉー」

近くの女子社員たちが加勢してくれた。

「彼女だから何とかしてくれたけど、これ当たり前にしないでくださいよー。自分はのうのうと昼前に重役出勤でー。便利とかってあり得なーい、ありがとうとか助かったでしょフツー」

女子たちも彼女に急場を救われたことが多々あるらしく、ちょっとしたブーイングが沸いた。

課長はほうほうの体で「分かった分かった」と逃げ出した。

＊

相変わらず「デザイナーへの登用もあり」という募集文句に引っかかってくるアシスタントが多い中、彼女は相変わらず「デザイナー」への野心を見せないアシスタントのプロだった。

「今日は早く帰ったら」

昼間から微妙に具合が悪そうだったことには気づいていた。気づいていた理由は、――認める、その頃には彼女が微妙に気になる存在になっていた。

彼しか見たことのない「猫、剝げかけ」の彼女。会話に何気なく会話っぽくない単語が混じる彼女。他の誰も気づいていない。自炊のおかげか薄化粧なのに肌がきれいなことも。

「あ、じゃあすみませんけどよろしくお願いします。指定表、これですから」

「猫、剝げかけ」を見たことのある彼にとって、彼女のお行儀のいい物腰は微妙に面白かったが、彼女は「猫、剝げかけ」を公式キャラにするつもりはないようなので彼もその味のあるキャラは胸にしまっている。

サブに徹することを社内での立ち位置にしている彼女が素直に彼の勧めに従ったということは、やはり具合はあまりよくなかったのだろう。頰も少し赤い。

「マシンそのまま使っていいのかな」

「構いませんよ。納期まだ先ですからキリのいいところで終わってください」

君がキリのいいところで終わって帰ればいいのに。苦笑しながら帰る彼女を見送った。週末のためか、もう社内には誰も残っていない。

彼女の席に座ってふとマシンの手元を見ると、ＵＳＢメモリが転がっていた。

社内でＵＳＢメモリの使用は（大した規模の会社でもないくせに）許可されていない。データのやり取りは常にサーバーを通じてだ。

まさか彼女の？

この会社に他社に流れて困るほどの大きな仕事はない。雑誌のデザインでも取っていたら大事だが、メインの仕事はタウン誌やパンフレット、チラシや何かだ。

しかしどんな小さなデザインでも、そのデザインはそのデザイナーの意匠《いしよう》だ。もし彼女が外部へデータを持ち出していたとしたら。

いやまさか彼女に限って。

そもそも彼女のものだと決まったわけではない。

とにかく職場で使用が禁止されているＵＳＢメモリがあった、中身を確認しなくては——理屈は述べたが、結局のところ認める。

安心したかった。

不正に使われているものではないと。

ＵＳＢの差し込み口にメモリを挿した。

フォルダは作られておらず、ファイルが無造作に詰め込まれていた。

一番上の「メモ」と題名のついたファイルを開く。

終電
川面の手
グローワーム
消えるヴィジョン
上昇する稲妻
小惑星
不死の概念
……

意味不明、いや単語一つ一つの意味は分かるのだが、何故それが羅列されているのかさっぱり分からない単語の羅列。
そして最後の行に、

猫、剝げかけ

とあった。
間違いなく彼女のものだった。
彼と彼女しか知らない言葉だった。

一瞬目の前が暗くなった。

しかし、画像データをいくつも持ち出すにはメモリの容量が小さい。

それに保存されているのはすべてテキストファイルだった。一瞬企画書や見積書の持ち出しを疑ったが、それにしてはタイトルがすべて——何かの本のタイトルのような。

いや、それもフェイクか？　とにかく安心したい。その思いから、適当なファイルをクリックした。『兎《うさぎ》の月』とタイトルがついていた。

ファイルがワードで立ち上がる。

そして画面に開いたのは、——文章だった。

企画書でも見積書でもなく、会社関係のどんな無味乾燥な書類でもなく。

ただ、文章だった。厖大《ぼうだい》な。

一行目から吸い込まれた。するすると目が文章を追う。いや、目が文章に吸いついて離れない。文章に連れて行かれるように——意識が持って行かれる。

それは小説だった。

バタバタとけたたましい足音が廊下から近づいてきた。うるせぇなとしか思わなかった。

邪魔だ。

そして足音以上にけたたましい音を立ててドアが開いた。

「すみません、私忘れ物っ……！」

飛び込んできた彼女は自分のマシンにワードが開いているのを見て悲鳴を上げた。

警備員がすっ飛んできそうな悲鳴で、彼は慌《あわ》てて彼女を室内に引っ張り込み、ドアを閉めた。

「イヤ――――ッ！　私物ですそれ、閉じてぇッ！」

「ちょ、黙って！　警備が来ちゃうだろ！」

「見ないでぇ！　っていうかどこまで見たんですか――――！」

「うるさい！」

いいから、
俺に続きを読ませろ！

彼女の両手首を摑んで閉めたドアに押しつけ、――唇を塞《ふさ》いだ。

彼女はびくっと硬直し、そのまま竦《すく》んだように動かなくなった。静かになったのだからそこで終わればいいものを、彼のほうも思わぬところで自覚させられた感情に制御が利かず、そのまま長いキスになった。

開始は一方的だったが途中から彼女の舌も応えた。最終的には合意になったものとする。

どうしてこんなこと、と唇が離れてから彼女がかすれた声で訊いた。

「こっちが今まさに恋に落ちた瞬間に戻ってくるほうが悪い」

「どうしてあたしなの」

「最後の決定打が君のマシンの横に転がってた」

「だからそれは私物で」

「会社ではUSBメモリの使用は禁止されてる」

「だから私物なんです！　会社のマシンには挿してません、これ！」

彼女は自分のバッグの中から業界最小のノートパソコンを出した。

「昼休みとか、公園で……趣味でテキスト叩いてただけです。バックアップ取ってただけで」

だから最近オフィスで弁当を食べることが減っていたんだなと納得する。会社の近くにはいい感じに緑が多い公園がある。「エンゲル係数」を削ってまで欲しかったそれを携えて時間のあるときに出かけていたのだろう。

テキスト叩いてたなんて、

「そんな素っ気ない言い方しなくてもいいだろ。小説書いてたんだろ」

「やだ、言わないでっ」

「何で。小説だろ、これ」

「……全然ヘタで、恥ずかしいから」

自分のマシンへ駆け寄ろうとした彼女の手首をまた摑んだ。ぎくっと体をまた硬くした彼女の動きを封じるのは簡単だった。

「最後まで読ませて」

「い、嫌だって……言ったら」

「読ませる気になるまで、さっきよりすっごいことをする。君がたばこ臭いから泊まり込みでも寝るのが嫌だって言ったソファに連れ込んで」

「――ひどい」

「ひどいの？　さっきのは合意になったよね」

彼女の顔が赤くなった。――多分熱だけでなく。

「読ませる気にさせてからのほうがいいなら俺はそれでも一向に構わないけど」

「こんな素人文章読むためだけにあたしとそういうことできるんですか！」

「読むためだけじゃなくてもしたいことはしたいよ。言ったろ、恋に落ちたって」

彼は彼女のマシンの前に陣取って、また画面をスクロールさせはじめた。彼女は警戒しているように彼から距離を取っている。

「こんなもの読むためにあたしと寝られるなんて安い感受性」

「あのさ」

彼はくるりと彼女に事務椅子を向けた。

「読ませてくれるんだったら邪魔しないでくれる。俺の感受性が云々も余計なお世話。会社では話題にしてないけど、俺は昔から読書が好きで、面白そうなものは手当たり次第に読み漁《あさ》って、それでも君の書いた小説よりもキモチ持ってかれた本は今までないんだ。俺は心の底から誰にも邪魔されずにこの小説を読みたいと思ってる」

小説という言葉を重ねる度に彼女の顔が羞恥《しゅうち》に染まっていく。今にも泣き出しそうだ。彼女にとってそれは自分に向けられるととても恥ずかしい言葉らしい。

「これ以上何かぐちゃぐちゃ言うなら、読む前に何かすっごいことをされたいって意思表示だと受け取って実行に移すよ。それが嫌なら黙ってて」

やっと静かになった彼女を一度も振り向かず、彼はワードの基本フォーマットで書かれたその小説を読み終えた。

五十頁ほどの短編で、物語はここに落ちてほしいと思ったところへすとんと心地好く着地した。その心地好い余韻のまま大きく息をして、——そして彼女を振り向いてぎょっとした。

彼女は俯いて、声を殺して泣いていた。

「……何で泣いてんの」

「こっちが訊きたいです」

彼女はキッと顔を上げて彼を睨《にら》みつけた。まだぼろぼろ涙がこぼれる瞳で。

「何であたし、私物のメモリ忘れただけでこんな恥かかされないといけないんですか」

恥⁉　何で⁉

「面白いから邪魔しないでくれって言ったのに？」

「何で、勝手に読むんですか」

「うちの会社はＵＳＢの使用は禁止だろ。中身が会社関係のデータじゃないかどうか確認した。うちみたいな小規模な会社でそんなことして何か得があるとも思えないけど、データの持ち出しに君が関わってないかどうか確認せずにはいられなかった」

「会社関係のデータなんか一つも入ってないってすぐ分かるでしょう！」

「タイトルだけならフェイクの可能性もあるし、これが君の物だって分かる証拠が見つかった。だから君が背任行為をしていないって確認して安心したかった」

「あたしの物だと分かる証拠って……」

「猫、剝げかけ」

彼女が何かに打たれたように肩を跳ねさせた。

彼女も覚えているのだと分かった。彼との共通の記憶として。彼女にとって特別な言葉だったことが何かの特権のように思えた。

「じゃあ――じゃあ、ファイル一つ開けたまでは仕方ないと納得します。でも、開いたら会社のデータなんか全然関係ない、素人が書いた下手くそな文章だって分かったはずです。何でそこで閉じてくれないんですか。あまつさえあんなっ……」

彼女が口に出しかねているのは口を封じた手段だろう。

「――そこはごめんとしか言えない。俺、割と温厚なほうだと思うけど、一つだけ邪魔されたらキレることとあって、それが読書なんだ。読みかけでいいとこ邪魔されたりしたら、」

「ああいうことするんですか。そのうえ脅迫してあたしの目の前で最後まで一本読み切って」

「ああ、脅迫になってたんだ。それはごめん。キスは驚かれたけど嫌がられてないと思ったし、告白も拒絶されてないと思ったから口が過ぎた」

「二度も！　二度も脅迫されましたっ！　そしたらもうやめてなんて言えない。まるであたしが何かしてほしくて邪魔してるみたいになるから。そう思われるのは不本意だから」

「君だって余計なこと言ったろ。人の感受性、安いとか」

「捨て台詞《ぜりふ》くらい吐きたくもなるでしょう⁉　こんな恥かかされて！」

彼女がまたぼろぼろ涙をこぼした。

恥をかかされて。その感覚が彼には分からない。そして何だか状況はどんどん悪化している。彼は一番言いたいことをまだ言えていない。彼はどうやら彼女にとてもひどいことをしたということになっているらしいので。

「……気が済んだんなら返してください。もういいでしょう？」

「……ごめん、まだ気は済んでない。俺はこのメモリに入ってる君の小説が全部読みたい」

彼女はこれ以上ないほどの屈辱を受けたかのように目を瞠《みは》った。

空気の中に張り詰めた糸がぷつんと切れる音が聞こえたような気がした。

「分かりました。読んだら全部消去してください。それだけ約束してください」

「え、そんな、困るだろデータ消えたら」

メモリには大量のタイトルが入っていた。こんな面白い物語が全部消えたらそれはきっともう書き直せない。

「家にもデータがありますから。空になったメモリは差し上げます。私、」

さっきまで「あたし」だったのが「私」になった。直感的にまずいと思った。線を引かれた。

「近いうちに身辺整理して会社辞めますから」

「待てよ！」

とっさに立ち上がって彼女を摑まえようとした。今度は彼女は容易に摑まらなかった。力任せに鞄《かばん》を振り回し、彼を近寄らせまいとする。

「寄らないでッ！」

鋭く叫ばれて、その音階は思いのほか深く彼の胸をえぐった。

「もういいでしょう⁉　いい職場だったしあなたのことも嫌いじゃなかった、ホントは少し気になってた！　でももういい！　こんな恥かかされるくらいならもう全部捨てる！」

「ちょっと待てって！　……くそ、」

ひどいことひどいことひどいこと。何がどうひどいのかさっぱり分からないが、そこまで自分が重ねたんだったらもう一つくらい重ねても変わりゃしない。

力任せなら結局は男が圧倒的に有利だ。彼は強引に彼女を摑まえて抱き締めた。

彼女がとっさに唇を引き結んで顔を背ける。さっきみたいな展開にはさせない、という彼女の意志表示だろう。

「面白かった！」

彼は怒鳴った。

「面白かった面白かった面白かった面白かった！　言わせろよ先に！　面白かったから最後まで邪魔されずに読みたかった！　他にも作品があるなら読みたかった！」

たったそれだけのことが何で分からない。伝わらない。

「悪いけど君の感覚が全然分からない！　こんな面白いもの書いといてそれを読まれるのが恥だとか！」

彼の腕の中で頑《かたく》なに強ばっていた彼女の体からわずかに力が抜けた。だが油断はしない。ここで逃がしたら終わりだと直感が告げている。

「俺、今までずっと本読んできて、君の書いた話が一番好きだと思った。だから、今すごく興奮してる。俺が一番好きな話を書く人が、プロじゃないけど目の前にいるんだと思って。俺は読む側の人間だけど、初めて書く側の人に会ったんだって。しかも、俺のすごく好きな作風の人に。だからもし君がずっと誰にも見せずに今まで書いてきたんなら、俺は君の最初のファンだ」

いつの間にか背けていた彼女の顔が、正面でうなだれていた。

「読むのが好きだったら一回くらい書いてみたいと思うだろ。俺も書いてみたことあるんだよ。でも全然書けなかった。もう、学校の作文以下で」

彼女の重みが彼に寄りかかった。肩にことりと頭が落ちる。

用心しながら彼女を抱き締める腕を僅かに緩めてみたが、彼女が振り切って逃げるようなことはなかった。

「そのとき分かったんだ、世の中には書ける人と書けない人がいるって。どれだけ本が好きでも書けない人は絶対書けないし、書ける人は『生まれて初めて書いてみました』って一作で作家になれるくらい書けちゃうもんなんだって。そんで、俺は今まで趣味のレベルでも何でも『書ける側』の知り合いがいなくて、『書ける』ってどんな感じなのか訊いてみたくて仕方なかったんだ。そこへ持ってきて君だったから、すげぇ興奮した。『書ける側』の人の話が聞けるって。しかも、プロじゃないのに俺が一番好きな感じの話書く人。そのうえそれがちょっと気になってた女の子だったら、そりゃもう落ちるよ。真っ逆さまに」

——恋に。

「……それならどうして」

彼女が彼の肩に頭を落としたまま呟く。

「あんなひどいことするの」

「ごめん、ひどいことって何なのか分からない。キスしたこと?」

ちがう、と彼女は小さく呟いた。かなり強引なことにしてしまったが、それは嫌じゃなかったのかなとちらりと思った。

「あたしの……目の前で、読むなんて」

「……ごめん、それがそんなにひどいことなのかな」

彼にはどうしてもそれが理解できなかった。

だってこんなに面白いものが書けるのに。それは『書けない側』の彼からするとすごいことで、読まれることは誇りでありこそすれ恥だとかひどいとかいう感覚は理解できない。

「『書ける側』の感覚、聞きたいって言ったでしょう。私が『書ける側』だとしたら、読ませる決意もできてないのに勝手に読まれてたなんて、自分の裸見られるのと同じくらい恥ずかしい。それもやめてって言ってるのに拒否できないような釘打つなんて、卑怯よ」

卑怯、という言葉が胸に刺さった。

今まで読んできた中で一番好きだと思った話を、その話を書いた本人から卑怯な手段で奪って読んだ、ということになるのか。

何となく「ひどい」の理由が分かりかけてきたところに立て続けに反撃が来た。力ない声で。

「あなたの思ってる『書ける側』の人がどんな人なのかは知らない。でも私は、私の話の中ではすごく無防備なの。『書く』って技術だけじゃなくて、当たり前だけど自分の心も入ってて……一番柔《やわ》くて脆《もろ》いところももちろん入ってて……もし、誰かに読ませるなら、何度も何度も手直しして、何度も何度も自分で読み直して、これなら読んでもらっていいって自分で決心できてから読んでもらう。そうじゃなかったら絶対、」

彼女の言葉はそこで途切れたが、どんな言葉が続くかは大体見当がついた。

「アクシデントがあったのは仕方ないから、それは私もうっかりしてたから諦める。でもあなたは、あたしのことなんかお構いなしで、読みたいから読ませろって無理矢理読んだ。私に、……あんな釘打って動けなくして」

これ以上何かぐちゃぐちゃ言うなら、読む前に何かすっごいことをされたいって意思表示だと受け取る。

それで何も言えなくなるほど彼女は生真面目な女の子だったのだ。

彼女の一人称は「あたし」と「私」の間を揺れ動いて定まらない。

「こっちが心の準備できてないのに無理矢理読まれて、メモリ返してもらえないから黙って待つしかなくて、あたしの目の前で丸々一本、最後まで読まれて、……心の中、レイプされてるって言ったら分かってもらえるかなぁ」

痛《い》った――――……

彼は反射のようにきつく目を閉じた。

そんなつもりじゃなかった。なかったのに。

俺は今まで読んだ中で一番好きだと思った話と、その話を書いた人の心を陵辱《りょうじょく》したようなものなのか。

だとしたら俺が言う「面白かった」なんて。レイプしてから相手に「よかった」と言うようなものだ。

「……分かんないか。男の人はそういう恐さは切実じゃないもんね」

待って！　それが分からないってくらい想像力が死んでると思われるのはさすがに痛い！

とはいえ、ここで抗弁は許されるのか。実際そんなことをしてしまった後で。

恋に落ちたと宣言しながら相手をめちゃくちゃにするような真似をして。

「巧い喩《たと》えが見つからないや、ごめんなさい」

「いや……分かったから」

思い知ったから、むしろこれ以上は勘弁してください。

「メモリ、返して……」

呟いた彼女の体が急に重くなった。彼に倒れかかったのだ。慌てて支えた体は熱を持っている。

バカ、俺。

具合が悪そうだから早く帰ればと勧めたのは自分だった。それなのに気持ちにも体にも負担をかけさせるだけかけさせて、こんなところまで追い詰めて。

「か、返すから……ちょっと待って」

彼女を壁にもたれさせると、そのままずるずる床にしゃがみ込んでしまう。

「わっ、待った！」

そのまま床に横倒しになる寸前を摑まえ、抱き上げて彼女の席に座らせる。彼女を支えながらUSBメモリを抜き、キャップを閉めた。ついでにマシンも閉じる。

「返すよ、分かる？」

彼女はその瞬間だけ敏捷《びんしょう》になってメモリを引ったくり、バッグにしまってファスナーを閉めた。そしてまたぐったりと頭を落とす。

彼女がメモリを引ったくるときに彼は手を引っ搔かれた。これほど具合が悪そうで、それでも返すと言われたら必死に取り返しにくる。彼の手を引っ搔いたことにも気づかないほど。

返すと言われたときに取り返しておかないといつ返してもらえるか分からないから？

全く信用されていないその態度に傷つく資格など自分にはもうないのだろう。

「ど、どうする？　会社泊まってく？」

家に帰る、と答えた声はもう声になっていない。

「送る」

彼女は彼の申し出に頭を振った。結構ですと言っているのか嫌だと言っているのか。

どうせもう嫌われた。だったらやっぱり——これ以上嫌われたって変わりゃしない。

「一人で帰れないだろ、もう。会社に泊まり込んで俺に付き添われるか、黙って俺に送られるか、二つに一つだ」

言いつつ彼女の腕を支えて立ち上がらせると、彼女は渋々という感じで立ち上がった。

会社を出た表通りで、車を拾うか拾わないかの押し問答があった。

電車で帰るという彼女を押し切って車を拾い、もう運転手に届かないほど声がかすれた彼女に代わって、囁《ささや》かせた住所を伝える。

タクシー代は彼が払った。彼女はもう寝落ちしている状態だったし、意地でも彼女に払わせる気はなかった。

車を降りるときはもう彼女を背負わなくてはならなかった。

背中で揺すり上げたり声をかけたり、何とか目を覚まさせて、かなり年季の入ったワンルームの一階が彼女の部屋だと聞き出し、鍵を出させる。

シンプルな部屋だった。——物があまりないともいう。つましく暮らしている印象だった。

上がり込んで、まずはベッドに彼女を寝かせた。熱はかなり高い。

部屋に鍵をかけて、コンビニを探しに出た。ありがたいことにコンビニでもちょっとした薬や外用薬は扱うようになっている。

十五分ほどその辺をさまよって見つけたコンビニで、額に貼る冷却シートとスポーツドリンクの2Lボトルとゼリータイプの栄養補助食品を買った。風邪薬も買おうかと思ったが、内服薬はちょっと恐い。もし何かアレルギーでもあったら今度は救急車を呼ぶ羽目になる。

部屋に戻ると彼女はすっかり寝入っていたが、寝顔は安らかではなかった。取り敢えず前髪を上げてその額に冷却シートを貼り、それから去就《きょしゅう》を迷った。

外から鍵を掛けて、郵便受けかドアポケットにでも鍵を放り込んで帰るとしたものか。だが、仮にも若い女性の一人暮らしでドアチェーンも掛けずにそんな処置で帰るのは憚《はばか》られた。そうかと言って、戸締まりをさせるために彼女を起こすのもためらわれる。

理由ならいくらでも並べられるが、要するに彼女が心配だった――などと言う権利は残されているだろうか。

ここまで来たらどこまで嫌われても変わりゃしねえ。

最終的にその開き直りが去就を決めた。

明け方、早い時間に彼女が起きた。その気配で目が覚めるほど彼の眠りも浅かった。

彼は座布団を枕に拝借し、部屋の隅で横になっていた。彼女が起きたので起き上がる。

彼女は悲鳴でも上げるかと思ったが、黙って彼を見つめていた。

「……驚かないんだ」

「車に乗るとこくらいまで覚えてるから」

「メモリ返したのも？」

彼女が頷きながらやや不安な顔になった。取り返したのは覚えているが、どこにしまったのかが曖昧なのだろう。

「昨日持ってた鞄の中」

言いつつベッドの下に置いた鞄を指差す。彼女はまた頷いて、鞄の中を確認しようとはしない。

メモリを奪い返されたときの引っ掻き傷が、思い出したようにひりひり痛んだ。

「誓って君が寝てる間にパソコン立ち上げてメモリ読もうとかしてません」

彼女はまた頷いた。三回目だ。

「取り敢えず水分摂りなよ。それから朝飯。少し買ってきたから」

彼は台所に立ち、冷蔵庫にしまっておいたスポーツドリンクとゼリーを取り出した。それから冷却シートも一枚。コップは流しの水切りにあったものを一つ取る。

「薬はアレルギーとか分からなかったから買わなかった」

言いつつ彼は彼女の額からすっかり温まっている冷却シートを剥がした。そして新しいものを貼る。何気なく触れた額はまだ熱っぽいが、昨日に比べると随分マシになっていた。

コップに注いだスポーツドリンクを渡すと、ゆっくりとだが息継ぎなしで一杯分を飲み干した。やはり喉が渇いていたのだろう。

「ゼリー飲める？」

「後にする。飲み物もう一杯ほしい」

二杯目を飲みながら彼女が伏し目のままで言った。

「タクシー代とこれのお金、返すからいくらだったか言って」

「勘弁して。君のことあんだけ泣かせたんだからお詫びくらいさせて」

もう好きだなんて言える立場も資格も失った。

内心怯えながら、窺うように尋ねる。

「……会社、辞めないよな」

彼女は黙ってスポーツドリンクを飲んでいる。

「辞めないでほしい」

返事がないことが焦らせる。

「君が辞めるくらいなら俺が辞める」

「……どうして?」

問い返されて一瞬窮した。だが。

「今さらいけ図々しいって言われたらその通りなんだけど。俺は、あんなふうにしたかったわけじゃないんだ。君からしたらその……精神的なアレでひどいことだったのかもしれないけど、俺、ホントに君の話が好きで、滑り出しの瞬間からすごく好きだと思って、最後まで読みたい、邪魔されたくないと思って、それは嘘じゃなくて」

こんなに言い訳めいた言い訳も他にない。情けなかったがそれでも他に言いようがない。

「『猫、剝げかけ』のところを見たことあるのも俺しかいなくて、みんな気づいてないけど君はけっこう男らしくて、被った猫とのギャップが面白くて、それは俺しか知らなくて」

男らしくて、恥をかかされるくらいなら会社を辞めるなんて即断できる彼女。

しかも身辺整理をしてからと去り際も男らしく決意していた彼女。

「あんまりイマドキの女の子が会話で使わないような単語、何気によく使うのも気がついてた。エンゲル係数とか、服飾費とか、娯楽費とか。他にも色々、意味は分かるからみんな何気に流すけど、あんまり使わないよね。服とか遊びとか言うよね。潤沢よりは贅沢って言うよな、大体の人は。それも多分俺しか気づいてなくて」

苦しまぎれに話が横へ横へと滑っていく。

「面白い子だなって思ってた。この子けっこう面白いって知ってるのは俺だけだぞってちょっと自慢で、そんで多分『猫、剝げかけ』の頃から気になってた。それからもう一つ思ってたんだ」

彼女はコップにときどき口をつけながら俯いている。

頼む。こっち向いてくれ。今どんな顔してる。俺のみっともない必死の言い訳、どんな顔して聞いてる。少しでもほだされてくれているのか、それとも。

「俺、会社じゃ話題にしないけど昔から読書が好きだって言っただろ。だから、君ももしかして読書好きだったりするんじゃないかなって……俺が『ん?』って思うような言葉がよく出てくるのも、本よく読む人だったら納得できるから。そしたら『書ける側』の人だったから俺、大興奮しちゃって。そういえば、デザインはアシストだけだったけど、キャッチコピーなんかは急場に君がさらっと出してきた案で凌いだことが何度もあったよなって。それくらいできるはずだよ、だって『書ける側』の人だったんだからって」

辛抱たまらず、彼はとうとう土下座した。

「お願いします辞めないでください！」

「えっ、ヤダ」

彼女が初めて慄《おのの》いたように顔を上げた。

「やめて、困るそんなの」

「困るって何が、辞めないでくれっていうのが？」

「土下座が！」

彼は恐る恐る頭を上げた。

「だから要するに俺は君が好きで、そんなこと言っといてあの暴挙は何だって感じなんだけど。俺のこと嫌いになってくれていい、いやむしろ嫌いになってくださいって感じで。今さら色よい返事がもらえるなんて思ってないし、会社でも俺、できるだけ君とは接点持たないようにするし。だけど、俺は君から何もかも奪いたかったわけじゃないんだ。それだけは分かってほしいんだ。君を傷つけて傷つけて傷つけて、そんで仕事まで奪いたかったわけじゃないんだ。だから、君が辞めるくらいなら俺が辞める。俺がいっとう好きな話を書いてた好きな女の子辞めさせるくらいなら俺が辞める。頼むよ」

彼女はしばらく黙っていたが、やがて口を開いた。

「辞めない。から、あなたも辞めないで。寝覚め悪いから」

ああ。こんなときでもやっぱり男らしいんだな。

この局面で出てきた「寝覚めが悪い」という言葉に聞き惚れた。この期《ご》に及んでよけい好きになった。――それは少し辛くもあったが。

彼女がちびちび飲んで空になったコップを膝の上に置いた。

それをそっと取り上げて床に下ろす。

「あたしは、恐慌状態だったの」

今日初めて聞いた一人称が「あたし」だったことで少しほっとした。

「あなたのこと意識してた、それは確かなの。でもあんな形で強引に読まれて、どうしたらいいか分からなくなったの。だって、あたしはあたしの話を誉《ほ》められたことなんか一度もないから、面白いとか言われても信じられないの」

「誰かに読ませたことあるの⁉」

それならどうして誰にも誉められたことがないなんてことがあり得るのか。

俺が商業作家差し置いて一番好きだと思ったくらい面白いのに？　彼は自分の嗜好《しこう》がそれほどまでに偏っているとは思えなかった。

「誰に読ませたの」

「ごめん、今そういうこと話したくない」

「あ、ごめん……」

そんなことを訊く権利もなかった。

彼女が布団の上から膝を抱えた。

「ごめん、もう帰って。辞めないから」

もちろん抗《あらが》う権利などあろうはずもない。彼は言われるままに立ち上がった。

「……お大事に」

それくらいしか言えずに玄関に向かった彼を、「ねえ」と彼女が呼び止めた。

「時代小説とか、読む人？」

「……割とハマってたことある」

「イマドキ、『いけ図々しい』とか『色よい返事』とか普通の会話で使う人も、そんなにいないと思う」

どういうつもりで彼女がそう言ったのかは分からなかった。

＊

それから数日が過ぎた。自分と同じ職場で働くことが彼女の負担になっていないかとそれだけが気にかかった。周囲から見て不自然でない程度に接点を断った。

そんなある日、彼女から社内のメッセージシステムで伝言が届いた。

彼女の登録ネームを告げるポップアップに心臓が飛び跳《ポップアップし》ねた。

開いたメッセージには、

『ご自宅のメールアドレスがあったら教えていただけますか？　ご迷惑でしたら構いません』

まだ先日の軋轢《あつれき》を微妙に引きずっているのか、他人行儀な文面だった。

彼のほうは即レスだ。何か気の利いた一文でも付け加えたかったが、何をどうやっても蛇足にしかならないのでやめた。

『xxxxxx@xxxxxx.ne.jp です』

彼女からはまた『ありがとうございました』と返事があって、そのときのやり取りはそれだけだった。

家に帰ってメールチェックをしてみると、タイトルで名乗って彼女からメールが届いていた。会社のアドレスではない。どうやら自宅からだ。

『ご自宅のアドレスを教えてくださってありがとうございました。

あれから色々考えたのですが、初めて私の話を面白いと言ってくれたあなたに、他の話も読んでみてほしくなりました。

添付してあるファイルは、私が「これならお見せしてもいい」と思えるまで推敲《すいこう》した作品です。気に入ったら感想をください』

——夢みたいだ。

彼は両手で顔をパンと叩いた。

もう読めないと思っていたのに——彼女にももう触《さわ》れないと思っていたのに、また読めるなんて。また話せるなんて。

彼は添付されていたテキストファイルをもどかしく開いた。

やはり一行目から引き込まれて好きだと思った。

読み終えた勢いのままで書き殴って送信した感想は、翌日の朝読み返すとまるで出来損ないのラブレターのようだった。

好きだ、好きだ、好きだ、好きだ、どこがよかった、誰が好きだった、あの台詞がよかった、このシーンが好きだ、
やっぱり君の書く話が好きだ。

うわ、と彼は思わず頭を抱えた。——これ送ったか、俺は。

と、自動立ち上げのメールチェッカーが着信音を鳴らした。見ると彼女からで、時間は感想を送ってわずか三十分後だった。


『ありがとうございました。

感想、嬉しかったです。

本当に嬉しかったです。

また今度、何か送っていいですか？』


返事を書きたかったが、メールを書いていたら電車を乗り過ごす。出社が早い彼女は多分もう会社に来ている。

彼は超特急で支度を調えて、彼女の部屋より雑然としたワンルームを飛び出した。

狙い通りに出社は二番目だった。彼女はもう自分の席で作業に入っていた。

タイムカードを押しながら声をかける。

「……おはよう」

あれからずっと会釈《えしやく》するだけで声はかけていない。

彼女は会釈しながら——返事をした。おはようございます、と。

彼だけに向けられた声はあれ以来だった。

それだけで俺が今どれだけ舞い上がってるか、君は分かるだろうか。

「待ってる。いくらでも読みたい」

そう言うと、彼女はややはにかんだように頷いた。

それ以上べらべら喋るのはまだ「いけ図々しい」ような気がしたので、彼も会釈だけを返して自分の席へ向かった。

＊

数日に一度、あるいは週に一度。

仕事の混み具合で、彼女から送られてくるメールの頻度は変わった。一週間以上空くと二重の意味で寂しい。色んな意味でお預けを食らっている犬のようだった。

そんなことが三ヶ月ほども続いただろうか。

クリスマスカードや年賀状、セールチラシの受注で、会社は小規模ながらも怒濤《どとう》の年末進行に入った。十二月は仕事納めまで丸々いっぱい、彼女からメールが届くことはなかった。

忘年会など考える余裕がないほどの忙しさだった。業者や客先からの招待に、社長や重役たちがやっとの思いで這《は》うように参加しにいくだけだ。

仕事納めの日も、自分の仕事が上がった者から慌ただしい挨拶を残して飛ぶように帰っていく。それぞれ帰省する切符の時間があったり、家族サービスがあったり、デートがあったりと忙しい。この繁忙期《はんぼうき》で家庭不和が起こったとか恋人に振られたという話には事欠かない会社なのでみんな必死だ。

そんな中、特に予定の詰まっていない彼と彼女は最後まで事務所に残って後を引き受けることになった。

あれ以来、こんな状況になったことはない。こんな状況になることを彼は注意深く避けていた。せっかくもう一度近づくことを許されたのだ、もう二度と地雷を踏みたくはない。

「先に帰ったら。後、俺やっとくから」

そう言ってみたが、彼女は笑って首を振った。

「後もうちょっとだし。二人で片付けたほうが早いでしょ」

最後に簡単な掃除をして、タイムカードを押すともうすぐ日付が変わる時間だった。

事務所に鍵をかけて、エレベーターはもう止まってしまったので階段で下りる。事務所は三階だ。

「こういうとき、独り身で予定入ってないと損だよな。後始末押しつけられちゃうから」

「でも、正直社長とかいても邪魔だし……」

彼女の率直な発言に彼は思わず吹き出した。

社長は仕事を取ることにかけては凄腕《すごうで》だが、デザイン現場では非常に困った存在だった。現役から離れているのでソフトの使い方が分からない、そして必ずデザインセンスがクライアントの要望からずれている。

思いつきだけで完成寸前のデザインに変更を入れさせて、「やっぱ違ったな」などと戻されると繁忙期には殺意が沸く。

ビルの裏口から出て、表通りまで一緒に歩く。

「終電、まだ大丈夫？」

彼女は腕時計を見ながらこくりと頷いた。

「じゃあ、よいお年を。冬休み中に新作が読めるの期待してる」

手を挙げて挨拶すると、背中を向けたところでジャケットの裾《すそ》が突っ張った。

振り返ると、彼女が裾を引っ張っていた。俯いたまま、硬い声が——いや、緊張した声が呟く。

「もし、暇だったらうちに寄っていきませんか」

色んな期待と邪念が交錯して、とっさに返事ができなかった。

「今まですごく執拗《しつよう》に推敲してたんですけど、あなただったらもういいかなって。書き上がったそのままに近い状態でも読んでもらっていいやと思って。だから」

うちに来て、読んでいきませんか。

彼女は多分、決死の思いでそう言った。

「……君の前で読んでもいいの」

どれほどのことを許されているのか、さすがにもう分かっている。

初めて彼が強引に読んだとき、彼女は心をレイプされているようなものだとまで言ったのだ。

彼女は頷いた。顎《あご》に決意の梅干しができている。

「俺の終電もあんまり時間ないよ」

彼女がまた頷く。

「俺、きっと全部読み終わるまで帰らないよ」

また。

「泊まりになるよ、多分」

また。

「俺が君のこと好きだって覚えてる？」

それでその提案だったら何もしないでいられる自信なんかない。そう含ませた質問に、彼女は彼の裾を強く引いた。

やばい。

そんな強く引いたら、――切れるんだぞ糸は。

人通りが少ないことも背中を押した。彼は振り返りざまに彼女を抱き締めた。糸を切ったのは君だ、好きだって言ってあっただろ。

二度目のキスは最初から彼女の舌が応えた。

結局ことは後先になった。

流れに任せてそうなって、彼女も拒否はしなかった。

今まででね、と彼女は同じ布団にくるまったままでぽつりぽつりと話しはじめた。

「あたしの書いた話を好きだって言ってくれた人、一人もいなかったの」

「それが信じられないんだよなぁ」

彼は顔をしかめた。確かに小説には好き嫌いがある。だが、複数の誰かに読ませたことがあるなら、誰も彼女の話を好きにならなかったなんてあり得ない。

彼女の話を俺しか好きにならなかったなんて、そんなはずはない。

「でも、誰もいなかったよ」

「どんな人に読ませたの」

「大学の頃、文芸部入ってて……それまでずっと一人で書いてて誰にも読ませたことなかったんだけど、そこの男の子と付き合うようになって。彼の書くものは私には難し過ぎてあんまりよく分からなかったけど、下読み頼まれる度にずっと読んでて。『君は書かないのか』って訊かれたから、思い切って読んでもらったの。そしたら」

小説は趣味にしといたほうがいいんじゃないの、と鼻で笑われたという。三十頁ほどの短編を頭から終わりまで延々駄目出しされ、小説と呼べるレベルじゃない、と。

「初めて付き合った男の子だったし、好きだったからすごくショックだった。小説なんて自分の一番脆いところをさらけ出して勝負してるのに、どうして付き合ってる相手の一番脆いところを叩きのめすようなことができるんだろうって。それで、その子は部の中心にいて最後は部長にもなったような子だったから、部の会誌にも私の話は一度も載せてもらえなくて。載せるレベルに達してないよなってみんなで」

なるほど、それがトラウマかと納得する。「小説書いてるんだろ」と彼が訊いたとき、彼女が羞恥の表情になった理由。お前にとってそれは身の程知らずな恥ずかしい趣味だ、とその連中によってたかって叩き込まれたのだ。

「それで部活も途中で辞めちゃって、その子とも別れて。小説……書くのもやめようと思ったんだけど、やっぱり好きだったからやめられなくて」

そしてあの厖大なタイトルの群れが出来上がったわけか。

「あのさぁ」

彼は彼女の髪を撫でながら口を開いた。

「その部活がどういう趣旨の活動してたか知らないけどさ。『読む側』の立場から言うとすごい矛盾してるんだよな」

どういうこと、と彼女が首を傾げる仕草だけで訊く。

「『読む側』の俺たちは単純に自分の好きなもんが読みたいんだよ。だから自分の好きじゃないもんに当たってもそれは外れだったたって無視するだけなの。ベストセラーでも自分にとって外れのこともあるし、その逆もあるし。ただ、自分が楽しめなかったもんはどんどん流していくの。さっさと次の当たり引きたいし、自分にとってつまんなかったもんにかかずらわってる暇なんかないの。そんな暇があったら次の面白いもん見つけたいの。時間は有限なんだ、当然だろ。自分にとっての外れなんかさっさと忘れるだけだよ、覚えてるだけ脳の容量がもったいない」

『読む側』として自分がごく当然だと思っている理屈を説明してから、彼女のトラウマに慎重に触れる。

「その彼氏、たかが三十頁の君の短編に頭っから終わりまで執拗にケチつけたって言っただろ。それはね、そんだけ君の書いたもんに引っかかっちゃってるんだよ。ホントにどうしようもないと思ってたら『まあ、いいんじゃない』の一言で終わるよ。流せなかった時点で負けてるんだよ、その彼氏。自分も『書く側』のつもりだったから。『書ける側』の人間のつもりだったから、君の書いたたった三十頁の短編を叩き潰さないと気が済まなかったんだ。君の小説を否定しないと、自分の『書く側』としてのアイデンティティが崩壊するからだ。彼氏にとっては君の小説がそこまで脅威だったんだよ。周りの奴らにとっても」

君、読ませる相手を間違えたんだよ。

言い聞かせるように囁く。

「俺みたいな奴に読ませてたらよかった。『書けない側』で『読む側』の奴に」

「早く会いたかった、な」

身をすり寄せてきた彼女を抱きかかえる。

「今会えた」

彼女が眠たげな顔になったので枕を譲る。

「起きたら全部読ませて。全部読みたい」

最後にそうせがんで彼も眠りに落ちた。

彼女が作ってくれた朝食をたいらげる時間も惜しくパソコンを立ち上げてもらって、その中にしまわれた物語に思う存分没頭した。次から次に。近年ついぞないほどの至福だった。

そしてわずかに残った冷静さが内心で舌を巻く。

推敲なんて要らないじゃん、これ。

あ、それは一発書きに近いから荒いけど見逃してね、などと彼女は横から不安そうに言い訳をしてくるが、誤字脱字もほとんどないようなレベルのものばかりだった。もし誤字脱字があったとしても、多分文章の流れに乗せられて脳内で勝手に補正がかかっている。

今まで執拗に推敲していたというのは、その笑い物にされた過去が少しの齟齬《そご》もないようにと作品を神経質なほど修正させていたのだろう。

読み入っていると、彼女がシャツの背中をツンと引っ張った。

振り返ると俯いた彼女が正座していて、控えめに主張した。

「……できれば、一本ずつ感想聞きたい」

「ああ、そうか。ごめん」

彼女は昔笑い物にされてから、目の前で自分の小説を合意で読まれるのはこれが初めてなのだ。

「面白いから止まらなくなってた」

読んだものを一本ずつ、彼は自分の乏しい表現力で懸命に伝えた。

彼が読み、少し離れたところで彼女がそわそわした様子で待つ。彼が一本読み終わると彼女はおっかなびっくり近づいてきて、隣に正座する。

そうして読んでは感想を述べるの繰り返しでその日は暮れた。

楽な着替えや洗面道具を買い込み、彼女の部屋には連泊になった。ずるずる居続けて、新年も一緒に迎えた。

その間に彼女が洗濯してくれた仕事納めの日の服で初詣《はつもうで》に出かけ、その帰りにやっと別れた。最後まで離れがたく、いじましく彼女の手を握っていた。

何だか仕事納めからの数日間が自分に都合のいい夢を見ているようで。

「今度は俺の部屋にも。片付けとくから」

「じゃあ休みの間に一回行きたい、予定ないし」

躊躇《ちゅうちょ》のない彼女の返事でやっと夢ではないのだと実感が湧いた。

そしてようやく別れ際の手を離せた。

＊

二年付き合って結婚した。

式は身内だけでこぢんまりと挙げた。彼女の親族は、彼女曰《いわ》く「何も起こってないときに普通に付き合ってる分には普通の善良な人たちだよ」とのことだった。何かを含ませたその説明に、彼女が帰ろうと思えば比較的気軽に帰れる距離にある実家にあまり帰らない理由が読めたような気がした。

実際、結婚の挨拶や式ではごく普通のいい家族だった。——彼らが後に彼女を追い詰める原因の一つになるのだが。

彼の実家はといえば、三人兄弟の三男坊で兄二人も既婚、子供も既に生まれている環境だったので、両親の彼に対する関心は悪気なく薄かった。その悪気のない関心のなさが彼には気ままでよかったし、彼女にも負担をかけずに済みそうだった。実際、結婚後も彼の実家が彼女に負担を強いることは滅多になかった。

結婚しても彼女は仕事を続けることになった。今までもお互いの部屋を行ったり来たりだったので、生活パターンが極端に変わることもなく。帰る場所が同じになったことでむしろ時間には余裕ができたくらいだ。共働きが破綻《はたん》するのは男女のどちらか、あるいは双方が「楽になる」と期待するせいだと彼は考えていて、それは彼女にも説明した。

生活的にはお互いの一人暮らしが縒《よ》り合わさるだけ、生活上の労力が楽になるとは考えない。結婚の最大のメリットは精神的に支え合える相手が常にそばにいることだ。彼女もその考えには同意してくれた。

家事の分担は敢えて決めなくても、手の空いている者が動けばいい。仕事が混んでいるときの食事なんかどうせ独身時代でもコンビニ飯だったのだ。それが卵かけご飯と味噌汁に変わっても何も問題はない。仕事が混んでいなくても手を抜きたいときは抜けばいい。お互いアレルギーもないので掃除だってそれほどこまめにしなくても——繁忙期なんか二週間や三週間は。さすがに一ヶ月経ちそうになると彼女のほうが音を上げてハタキをかけ始めるので、彼も掃除機を出す。

子供が生まれるまではそれで充分だ。彼としては風呂上がりに穿くパンツが常にある、という状態を彼女が維持してくれているだけで大満足だった。さすがに彼女にも話せていないが、独身のころは風呂を上がってから洗濯済みのパンツがないことに気づき、慌てて洗濯機を回しながらノーパンでジーンズを穿いてコンビニに買いに行ったことが何度も——焦ってジッパーを上げ、毛を挟み込んでしまったときの地獄といったら！　いや、とても彼女には話せない。

彼女が書き溜めていた小説はすべて読み尽くしてしまったので、彼は彼女が家事に精を出してくれるより新しい作品を書いてくれるほうがよほど嬉しい。だから彼女がパソコンでテキストを打ちはじめ、どうやらそれが小説だと窺えたら細々した家事は自然と引き受けた。

そして彼というたった一人の読者のために彼女がたまに小説を書きながら、ささやかで幸せな家庭は維持されていた。

*

「なあ、これ出してみたら」

何の気なしの一言がその後の運命を変えた。


(――多分今、後にその状況に至るまでの。)


その頃、彼は好きな作家が連載していた小説誌を毎月買っていた。その雑誌が長編短編問わず、またジャンルも不問の小説賞を始めたのである。

その雑誌を購読しながらいつも思っていた。

ここに彼女の小説が載っていてもまったく遜色《そんしょく》はないのに。自分だけが彼女の読者だ、という密《ひそ》やかな至福も捨てがたかったが、彼女の小説を、自分の一番好きな世界を書く彼女を世の中に出したいという欲求も心の片隅に常にあった。

どうだよ、彼女。すごいだろう？　俺が一番先に見つけたんだ。彼女を見つけた俺のセンスはけっこうなもんだろう？

そんな子供っぽい自慢も含まれていなかったとはいえない。

しかし、彼女の書く小説がこの世にあることを知らず、知らないまま何かないかと待っている自分のような本読みは他にもいる、と——そして、自分のような誰かと面白い作品を共有したいという本読みとしての純粋な欲求もあった。

なあ、○○って作家知ってる？

いや知らない。

ちょっと読んでみろよ、絶対面白いから。

——おい、読んだ読んだ。いいな、ちょっと。

そうだろ、ちょっといいだろ。

昔からの友達とは未だに続いているそんな本の勧め合い。それぞれに趣味も感性もある程度は摑んでいる。

そして彼が今一番勧めたい作家は、世に出てすらいない、筆名さえも持っていない彼女だったのだ。

「えー、無理だよ」

彼女は当たり前のようにそう言った。

「面白いって言ってくれるのはあなただからだよ。身内の欲目だよ」

彼女は彼にだけ読ませるという環境にすっかり満足しきっていた。だが、それではもう彼の側が物足りないのだ。

彼女は書くごとに巧くなる。自分という読み手を得たからだと思うのは傲慢《ごうまん》かもしれないが、それでも自分の読む目が彼女をどんどん昇華させているような気がしてならない。

書き溜めていた小説は面白かった。既に彼を魅了するセンスを持っていた。そう、最初に彼女の小説をあんな強引なやり口で読み切ってしまったほど。

しかし今の彼女がもう一度同じ話を書いたら、しかも元のテキストを見ながらではなく記憶に残るイメージや構成だけを頼りに書き直したら、それはきっと更に研ぎ澄まされたものになる。それは彼女の最初のファンであり、読者である彼の確信だった。

なあ。君は今、自分がどれほどすごいものを書いてるか分かってない。俺には分かる。決して『書ける側』にはなれず、面白い作品を飢えたように探し回る『読む側』の俺には分かる。

君はドアを開けて世界に出ていける人なんだ。

「最初に俺が君の作品を読んだときは身内でも何でもなかったよ。それでも俺は君の心を犯してまで読んだんだ。読みたいって欲望を止められなかったんだ」

胸を掻きむしりたくなるほど痛くてむず痒い始まりだった。今ではその痛さの中に痛さに起因する甘さが混じる。

「あのころ読ませてもらったもの、全部面白かったよ。それは絶対嘘じゃない。今でも面白いと思ってるし、プロでもこれより面白くない作家なんてざらにいると思った」

彼女は彼の食い下がり方に少し戸惑っているようだった。

「でも、君は絶対に今のほうがもっとすごい。たった二年だ。たった二年で君はあのときの俺が一番好きだと思った作品をぶち抜いた。もちろん全部好きだ、君の書くものは全部好きだけど、けど君はいつでも次に書くものが一番すごいんだ。君は世の中で勝負できる人なんだ。それ程の人が一体世間にどれだけいると思う？　その立場がほしくてもがいてもがいて、結局諦めなきゃならない人がどれだけいると思う？　――ああ、もう、俺すごくクサイこと言うけど笑うなよ」

説得しているうちにテンションが上がってきて、彼も止まらなくなっていた。

「君は翼を持ってるよ。俺は君が飛んでるところを見てみたい」

――彼女は笑わなかった。

「ホントにあたしが飛べると思う？」

「ああ」

「あたしが飛ぶところをあなたは見たいと思う？」

「ああ」

彼女はしばらく考え込んだ。部屋に古いユーロビートが低く流れる。彼女が小説を書くときに好む曲だ。単調で耳に障《さわ》らないので筆（キーボード？）が進むという。

「……じゃあ、今書いてるのがそれの締切りに間に合ったら出してみる」

「ホントに⁉」

「でも約束して」

彼女は真顔で彼を見つめた。

「あたしが飛べなくても、あたしの小説を好きでいてね」

それは彼にとって当たり前すぎる前提だった。もし彼女が飛べなくてもそれは彼女が飛ぶ要件を満たしていないからじゃない。

世界が彼女を飛ばせない要件を整えていたのだ。どんなに才能があってもそんなことはある。それはどんな世界も同じだ。そして、世界が気まぐれにもたまたま彼女を飛ばせなかったからといって、本当なら彼女が飛べることを知っている自分が彼女の小説から興味を失うなんてことはあるはずがない。

「飛べても飛べなくても君は何もなくさない。俺は一生君のファンだ」


結果として彼女はその賞で大賞をかっさらった。

賞金の百万円は、新婚家庭には大きな臨時収入だった。つましく積立貯金に入れる。

授賞式は始まったばかりの賞にふさわしいささやかな規模で、式の前にさっそく担当編集者と顔合わせがあったという。

「共働きだって言ったら、仕事は辞めないでくださいねって言われたよ。作家で食べていける人なんてほんの一握りだから、受賞した人の人生設計に責任持てませんからって」

それはまあもっともな話だ。

彼女は確かに彼の確信していた通りデビューはしたが、その後小説で「どれくらい食えるか」は別の問題だ。正直、作家としての収入は不安定なものだろうと思っていたし、共働きを辞めるのはまだ苦しい。

二人にとって、作家になる――「飛ぶ」ということはほとんど自己満足の境地であり、それに人生設計を載せる気などさらさらなかった。飛べたことがただ嬉しい、それだけの話であって、後は仕事や生活に無理のないペースで書き続けていけたらよかった。そのために協力できることがあれば彼は喜んで協力するつもりだったし、それ以外は何も変わらないと思っていた。

そして編集部が彼女にそんな釘を刺したのなら、二人と出版社の思惑は完全に一致している。

そのはずだった。

唯一の計算違いは「彼女を待っていた人」が予想外に多かった、ということになる。

結局彼女は、二年を待たずに会社を辞めることになった。

兼業が不可能なほど小説関係の仕事が舞い込んでくるようになり、二年目でついに会社の年収を超えたのである。

初めての本が出版され、それは新人としては破格の部数だと説明された。その印税だけで彼女のかつての平均年収を超えたというのに、立て続けに重版がかかった。その辺りで彼の年収さえも追い越した。

＊

本格的に「この先」を考えなくてはならなくなった。兼業はもう不可能だ。会社か作家活動か。どちらかを取らねばならない。どちらかを選ばねばどちらにも迷惑がかかる。

「どうしたい？」

彼が尋ねると、彼女は慄いたように身を縮めた。

「……安定を考えるなら作家を辞めるべきだと思う」

彼女は苦悩しながらそう呟いた。自分を説得するように。

「でももう終身雇用制は当てにならないよ。会社に残っても安定と呼べるほどの安定はないかもしれない」

彼にはもう分かっている。

彼女は自分が飛べることを知った。だとすれば飛びたくないはずはない。

「でもずっとこのまま作家で巧くいくかどうか分からないし」

「あのさ」

彼はテーブルの上で組まれた彼女の両手を包んだ。

「俺の本読みとしての勘。君は当分巧くいく。その間の収入も今年と同程度には期待できるし、専業になるんならもっと稼げるかもしれない。確かにどこかで失速するかもしれないよ、だけどそのときは俺がいる」

強ばっていた彼女の手がほぐれた。

「あくまで俺の本読みとしての勘だけどね。君が失速するとしても、うちの昇給率で計算すればその頃には俺の収入だけで奥さんを養えるようになってると思うんだ。で、専業作家になってても今と変わらずつましく暮らしていけばいい。そうしたら失速してもしなくても何も変わらない。短期間で蓄えができる分、よその家庭より楽なくらいだ。それに失速したって作家を辞めるってことにはならない。作家の仕事を選ぶなら『今は』専業じゃないと無理だ。だけど作家の仕事が減ってきたら、また再就職なりパートなりして兼業作家に戻ればいいだけだろ？　違う？」

「でも……子供ができたりしたら」

「そのときはそのときのことだろ。子供できたら大抵の女の人が出産と育児に一段落つくまでは身動き取れないんだから。それに俺もいるんだから何とかなるよ。よその家庭で何とかなってること、うちで何とかならないはずないだろ」

ああだこうだと歯切れの悪い彼女に、彼は違う方向からボールを投げた。

「君はもともと作家になる気なんかなかった。俺が強引に背中を押したからなっちゃっただけだ。だから君がもともと持ってて失うものはやっぱり何もないんだ。だから心配することなんか何もないよ。飛びたいだけ飛んで、下りたいときに下りたらいい」

「でも、失速なんて一年か二年でするかもしれないんだし、そしたら安定した仕事捨てるなんてすごくワガママなような気がする」

「違う」

彼は強く否定した。

「君に飛んでほしかったのは俺だ。君は俺の頼みを聞いて飛んでくれたんだ。今、飛びたいって思ってるんなら下りないでくれ。飛ぶ喜びだけ味わわせて状況が読めなくなってきたから下りろなんて、俺をそんな身勝手な男にしないでくれよ」

彼女の頬をつうっと涙が滑った。

「書きたい。世間の人みんながあたしを要らないって言うようになるまでは書いていたい」

「そしたらまた俺が独り占めするだけだ」

彼はそう言って彼女の涙を指先で拭った。

＊

そうして専業作家になった彼女は、とても運がよくてとても運が悪い作家だった。

仕事はとんとん拍子。引き合いは多く、全て引き受けきれないほどだった。

そして専業になると決意した彼女は、やはり仕事の仕方も男らしかった。一度受けた仕事には決して穴を開けない。それが編集部の一方的なミスで彼女に無理を強いる納期になったとしてもだ（納期という呼び方が小説の世界で正しいのかどうか彼は知らない。ただ、彼も彼女もその年まで社会人として過ごしていたので、二人で彼女の仕事について話すとき殊更《ことさら》に「作家らしい」言葉を使うことはなかった）。

今から五日で百枚の中編を一本くれ。手違いで予告はもう打ってしまった。

そんな仕事でも彼女は淡々と引き受ける。ただし、黙って引き受けないことがおそらくあまり作家らしくない。こうした不測事態が客先の責任で発生したら「交渉」に持ち込むものだということを、彼女は会社員時代に上役を見て学習している。

彼女が今から無茶をする。それが分かっていても、彼女の「交渉」は彼にとって面白い。彼のほうはまだ勤めている事務所の社長や上役と粘り腰がそっくりだからだ。

「分かりました。私がその納期に間に合わせた場合、見返りとして何がもらえますか？」

そして彼女は無理をする代わりに雑誌上で自分の販促になる企画をもぎ取ってくる。

「謝られても拝まれてもそりゃタダですからね。無茶な納期で人を動かそうってんならこっちに具体的なメリットを頂かないと不公平ってもんでしょう。そっちは口だけ、こっちは体に鞭打つってのはいくら私が新人でも公平じゃない。新人でもこっちは一応個人事業主なんで」

そんなときはもう猫剝げかけだ。そして、事務所の社長とそっくりの粘り腰で彼女は妥協点を見つけ、決まり文句を口にする。

「納得のいく条件がいただけたので、この案件についてはこれで手打ちということで」

彼女がそう言ったら手打ちの案件はもう必ず手打ちなのだ。彼女は必ず納期を守り、編集者はそれに引け目を感じる必要はない——のだそうだ。

一方的に奉仕してるわけじゃない。ちゃんと見返りをもらってるから。彼女は五日間風呂にも入らないような状況に突入しながら、手打ちになった案件には決して不満を漏らさない。その後もその案件をちらつかせて恩を着せることはない。


猫が完全に剝げるときは、もう何をどうやってもリカバリーの利かない状況を編集側のミスで作られたときだ。そんなときは激怒したおっさんの霊でも降りてくるらしい。そんなときの彼女は怒った社長より恐ろしい。

夜中の電話で彼女が「来るな！」と怒鳴ったことがある。

どうやら大変なミスをしでかした編集者が、真夜中に終電で謝りにくると言い出したらしい。

「あんたに今来られて一体何のメリットがある！　こっちゃ住宅街の２ＤＫに共働きでつましく暮らしてんだ、近所に話のできる店なんかないんだよ！　明日も仕事がある旦那が同居してる家に上がり込んで一体何を詫びるつもりだ、迷惑に迷惑重ねるだけだろが！　そもそも帰るときもどうする気だ、終電なんかもうねえのにタクシーで何万かけて帰る気だ！　他にもやらかしててお詫び行脚があるなら止めねえよ、けど私一人に詫びるためにそんな金遣うようなバカバカしい真似は私の目の黒いうちは絶対許さんしそんなことを詫びとは断じて認めん！」

すげえ。おっさんだ。具体的にはうちの社長だ。完全に降りてるよ。

怒鳴られている編集者には災難だが、傍観している分には面白い。

怒り狂っているくせに、その怒りは決して彼女の中に厳然とあるらしい倫理を踏み外すことはないのだ。

「そもそもこんな夜中にあんたみたいな若い娘に来られたら許すしかなくなるだろうが！　潔く私の気が済むまで怒らせろ！　そんで来月の『お詫びの文章』が少しでも大きく掲載できるように走り回れ！　こっちゃあんたのミスで株下げて言い訳もできねえ商売やってんだ！」

これだけ怒鳴って後が大丈夫かと心配になるが、不思議と彼女が「干される」ことはなかった。むしろ彼女が怒れば怒るほど相手は彼女と親しくなる。タメ口で話すようになるのは彼女が喧嘩をした回数が多い順だった。

どれだけ怒り狂っても理不尽なことは言い出さない。そして同時に彼女は常に捨て身だった。その様子は端《はた》から見ていると殴り合って分かり合う昔の少年漫画のようだった。

そしてそこには彼が彼女に言い聞かせた理屈も入っているらしい。

「いいか、こっちはこんな商売に就けるなんて微塵も思っちゃいなかったんだ！　私が今書けるって幸運はまぐれで手に入ったんだ、そのまぐれがなくなっても元の生活に戻るだけで私が失うものは何もないんだ！　だから悪いけど恐いもんなんか何もねえんだよ、最初っから私は何にも持ってないんだ！　いつでもどこでも刺し違える覚悟はできてんだ、そういう奴とサシでやって勝てる自信があるならどっからでもかかってこい！」

不思議なことにそんなトラブルが発生するのは必ず夜中で、当然彼もベッドには入っていても眠れるわけはない。目を覚ましてその推移を聞くことになる。

そして彼女は最後に指示を出し切ってから電話を叩き切り、寝室へやってくる。

「ごめん、うるさくて」

「うん、いいよ。何かあったんだろ」

彼女は仕事をしている。そして仕事でもないのに理不尽に夜中の電話で声を張り上げるような人ではない。

「寝る？」

布団を開けると彼女はもそもそ入ってきて彼の隣で丸くなる。

会社勤めの頃から男らしかった。

強引に彼女の小説を読んだ彼に身辺整理を済ませてから辞めると言った。辞めないでくれ、と土下座した彼に寝覚めが悪いからそっちも辞めるなと言った。

その男らしさは今でも健在で、専業作家——彼女曰く「個人事業主」になってからというもの、より磨きがかかっているようだった。伊達に長年言葉をいじくり回してないなと分かる。彼女は勝てる喧嘩しかしない、そして「最初から何も持ってない」と言い放つ彼女にとって勝てる喧嘩とは自分に理がある喧嘩すべてだ。そして、言葉を操ることに長《た》けている「作家」という人種が本気で勝てる喧嘩に勝ちに行くのならそれは必ず勝つのだ。もっともそれは、もともと失うものは何もなかったと最初から開き直っている彼女ならではの勝ち方かもしれないが。

後ろにあなたがいるからだ、と彼女は言う。あなたが支えてくれるから書けるし、戦えるし、立てる。

けれど、こうして電話が終わるなり丸くなって眠りに落ちる彼女は無傷で勝っているわけではないのだ。まるで野生の動物が傷を癒すように丸くなる彼女は。

傷だらけになっても彼がいるから立てる。

戦うことで信頼のおける相手を増やしている事実も確かにある。しかし彼がいるから、なまじ立てるから彼女は余計な傷を増やしているのではないかと思うときもある。

それでも彼女は待たれていた。二人が思っていたよりたくさんの人に。そしてそれはもう彼の最初の予想を超えて彼女の書く力になっていた。

*

そして彼女はとても運が悪い作家だった。

一見つまずきがないように見える。仕事上で通るべきだと思った理は譲らない。この先のことなど知るかとおっさんを降ろして喧嘩をして、しかも書ける場が減らない。

他人からは好き勝手にやってしかも順調にいっているように見えただろう。

だがそれは彼女の「運のいい」側面でしかなく、それは彼女の捨て身が連れてくる結果でしかない。順調に見えている彼女が常に捨て身で傷だらけであることは彼女に直に関わった人々しか知らない。

そして、あるときからろくでもないグループに摑まった。

取材を申し入れられて、本来なら事前に原稿チェックをさせてもらえるはずが、一向に原稿は回ってこなかった。仲介した彼女の担当編集者や営業も何度となく相手の雑誌をつついたが、梨のつぶてだ。

そして結局事前のチェックはできないままにその雑誌は発売された。彼女に関する特集は悪意の固まりと言っても差し支えなかった。彼女を傷つけるための言葉がわざと選ばれていた。

そして、彼女が公表していない経歴が公開されていたことで事情は分かった。

彼女が出身大学で文芸部に所属していたことが触れられていたのだ。

「到底プロになれるようなレベルではなかった。今も所詮主婦の手慰みというレベル。この作家がデビューできたこと自体に、当時の彼女を知る関係者は首を傾げている。よほど強力なコネがあったのか、あるいは……」

仲介した出版社と担当編集者は激怒した。そして他社の担当編集者も。

だが、雑誌の出版元を確認するとその雑誌はムックという形式で、一号のみでも出せるらしい。そして出版元は、そのムックに関して「ムックは編集プロダクションに委託してあるのでこちらでは事情は分かりかねる」の一点張りだった。つまりは出し逃げだ。

そして編集プロダクションに問い合わせると「人手が足りなかったのでフリーライターを数人外注して任せた」とのことで、そのライターたちの名刺はといえば聞いたこともないペンネームに携帯番号とメールアドレスしか刷られておらず、それは全て不通になっていた。

彼女が書いても他人に見せなくなった、そのトラウマになった大学時代の連中の仕業だった。

彼女の所属していた部活から作家になった者はいなかった。代わりにフリーライターになった者が何人かいたらしい。

そして彼らは、彼らがなりたかった者になった、彼らが過去に踏みつけにした彼女を見つけたのだ。

「真っ当な連中じゃありません。まともなライターは自分の名前に信頼を載せていくということを知っています。こいつらは自分勝手な仕事をして筆名なんか悪評が積もってきたものから適当に捨てていけばいいと思ってるような連中です」

彼女の担当は皆そう吐き捨てた。

仕事を通した出版社と担当編集は気の毒なくらい萎《しお》れていた。

「ゲラのチェックを渋っていた時点で仕事自体をキャンセルするべきでした。大きく特集にするという話だったし出版元は大きかったので欲が出ました。すみません」

「いえ、当然の判断だったと思います」

彼女は冷静にそう答えた。

「少しは順調にいっているとはいえ私はまだまだ無名です。販促の機会を逃がしたくないという判断は私があなたでもしたと思います」

それから彼女への取材の申し入れは、出版社が直接の制作責任者となっているところ、そしてライターの素性が確認できるところに限定されることになった。ゲラのチェックをさせない雑誌は発売直前であっても取材許可を取り下げる契約を事前に取り交わす。今回のようにたらい回しで責任の所在を曖昧にさせないためだ。

「こんな仕事をする編プロやライターはどうせメインストリームには出てこられません。フリーで仕事をする者ほど信頼の大切さを知っています。ライターや編プロが全てこうだと思わないでください。彼らの助けがないと本は作れないんです。しかし、こういう業界ゴロのような連中がいることも確かで、それを見分けて作家さんを守らねばと思います」

担当編集たちはそれぞれ宣言し、少なくとも彼女と同じ大学の文芸部に所属していたライターは確かにメインストリームでは仕事ができなくなった。私怨でこんな仕事をするライターには他の作家も任せることはできないからだ。もともとメインストリームで仕事をしていたか、ということそうでもなかったようだが、少なくとも彼らは自身の手で住む世界を狭くした。

それでも事前に許可を取らない慣例の書評は止めようがない。一号、二号で潰れていくような雑誌で彼らは執拗に彼女を貶《おとし》め続けた。

彼はネット上でそれらの情報をチェックし、書評の内容に目を通し、できる限り情報を集めた。今の時代、フリーで仕事をするなら余程の大御所か既にある程度の人脈があるかでないとネットに窓口を設けず営業することは難しい。

そして調べ上げた情報は全て彼女の担当に渡した。

彼女を踏みたいのなら好きなように踏めばいい。俺はお前たちが彼女を踏むたびに、こうしてお前たちの情報を集めて集めて集めて「メインストリーム」に流してやる。名前を変えてもURLを変えても書評からたどればすぐ分かる。お前たちほど彼女を不公正に踏む奴はほかにいない、俺はもうお前たちの論法も文章の癖も全部覚えた。どういうジャンルをメインにして、どういう作家を持ち上げて、どういう作家を軽んじてるか。俺は今、日本中でお前たちの仕事に一番詳しい。持ち上げる論法も軽んじる論法も彼女を踏むためのとっておきの悪意の論法も全部覚えた。『読む側』の人間を舐めるな。

すぐに廃刊になった雑誌だからって安心するなよ、国立国会図書館って便利だよな。

俺の探索を振り切りたいならお前らはネットの窓口を閉じるしかない。でもそれは不可能だ。

お前たちは金のかからないネットで営業打たなきゃライターを続けていくことはできないからだ。検索避け？　そんなもん仕込めば窓口の意味がなくなる。

お前たちが彼女を踏む限り、俺はお前たちを追尾する。彼女の仕事先が広がる分だけお前たちが「メインストリーム」へ割り込む余地はなくなる。

何故なら今どう考えても「メインストリーム」にいるのは彼女で、隅っこでゴロ巻いてるのはお前たちだからだ。

お前たちが隅っこで何を吠えてももう彼女の名前を傷つけることはできない、でも俺は彼女を踏んだお前たちを許さない。いいか、人を踏むっていうのはそういうことだ。それだけの覚悟を持ってお前たちは彼女を踏んだか。学生の頃バカにしてた彼女が作家になってたのが許せない、その程度で彼女を踏んだあの企画がここまで執拗な追尾者を作ることまで覚悟してたか。

俺は常にお前たちの最新の名前を知ってるよ。編プロに所属した奴はその編プロも。

そしてそれは「メインストリーム」に筒抜けだ。それがお前たちが彼女を踏む代償だ。

彼には彼の怒り狂う訳があった。

彼女は大学時代のトラウマをいいだけほじくり返されて、心を病んだ。軽度とは言えない鬱病だった。

彼女は笑えなくなった。

仕事の合間にテレビで科学番組やドキュメントを観て彼と話したり、休みの日に二人で散歩に出たり。

そんなとき、他愛のない話から急に小説のアイデアやイメージが湧いて、

「こういうのどう？」

と、わくわくした顔で話しかけてくる。彼女の作る世界に自分も参加しているようで、彼にも楽しいディスカッションだった。

ディスカッションにならなくても、ただ会話をしているだけで楽しい。

しかしそんなこともなくなった。

ろくでもない企画に摑まってから三ヶ月。彼女は自分から精神科へ行くと言い出した。

「こんなふうになったら、まだ大丈夫とか大袈裟になりそうで恐いとか思わないですぐに行けって、友達に言われてたの思い出した」

早ければ早いほどいいのよ。こじらせたらあたしみたいになるから。

その友達は彼との初対面のときはもう回復していたが、三年通院して仕事も辞めたという。

「三ヶ月、自然に笑えないのっておかしいと思う。だから行く」

大袈裟になりそうで恐い。そう思っていたのはむしろ彼のほうだ。ずっと腰が引けていた。

精神科を勧めたら却って傷つくのじゃないかとか、労《いたわ》っていれば回復するのじゃないかとか。

けれど、こんなときでもやはり男らしいのは彼女のほうだった。自分がおかしいと判断して、自分から診察を受けに行くと決めた。

せめて付き添いたかったが、会社はこんなときに限って総動員がかかるほど忙しかった。彼がたった一人半休で抜けるだけの余裕もなかった。

終電で帰ると、彼女は泣き腫《は》らした目をしていたがいつもより明るかった。

「先生の前で泣いちゃった」

それは彼にとっては驚くべきことだった。医師とはいえ初めて会う人の前で彼女が泣くなんて。

筆名は言わずに職業だけ言って、何をされたか打ち明けたという。

医師は静かに話を聞いて、「酷《ひど》い人たちがいたものですね」と言ったそうだ。

「あたしのことを知らない人に、あたしが何をされたか聞いてもらって、それで『酷いことだ』って言ってもらえて、すごくほっとしたの。今まで感情が固まったまま動かなくなってたような感じだったんだけど、やっと動いた、みたいな。それでたくさん泣いて」

診断は鬱病だった。抗鬱剤を中心にいくつか薬が出て、それは欠かさず飲むように指示されたそうだ。

そして彼女はとても真面目な患者だった。また、理性的な患者だった。

最初は二週間ごとだった通院が、三ヶ月目の途中から一ヶ月ごとの通院に切り替わったこともそのためだろう。

自分を精神病患者だと認めたがらない人や、詐病で医者を振り回す人が多い中、彼女は患者として優等生だった。

自分が患者だと認識し、薬を飲まねばならない必要性を認識し、実際に薬を指示された通りに飲める患者。そして出された薬も体質に合っていた。

だが、彼女の運の悪さはこれ一つではなかった。

彼女には質《たち》の悪い親戚が増えた。

彼女が会ったこともないような遠い親戚から、金を無心する電話がかかってくる。だがそんな者はまだかわいい。彼女が自宅の電話に出なければ済むだけだ。彼や友人、仕事関係の連絡は、すべて携帯電話に移行することで片付いた。――ちなみに彼女はこんな状態でも仕事をしていた。書いているほうがいっそ楽しいらしい。それほど彼女の現実の環境は悪くなっていた。

悪化した現実の環境の一つ、しかも大きな一つは遠縁よりは近縁、更には家族、中でも父親である。

何も起こってないときに普通に付き合ってる分には普通の善良な人たちだよ。

彼女はかつて自分の身内をそう評した。身内に対しての評としては辛辣で、その理由は何故かということは「何かが起こった」――彼女が作家になって分かった。彼女が作家になったことも「何かが起こった」うちに入っていた。

彼女の親類にはどうやら父親を筆頭に文学青年崩れが多いらしく、彼女が作家になったことは年寄り連中のいい暇潰しの種だった。

電話で、あるいは予告もなくふらりと訪ねて。

お前の小説はなっちゃいない。

文学とはこうあるべきだ。

こんなものを書いているからお前は駄目なんだ。

まるであの酷い企画の続きのようなことを、彼女の身内がよってたかって。しかも彼女を腐す筆頭は父親だ。

所詮お前の書くものは子供だましだ。

本当の作家というものは。

滔々《とうとう》と語る父親に彼女がキレた。

「あんたたちが今までの人生で一度でも作家だったことがあるのか」

肉親からの心ない、無責任な言葉だからこそ彼女の受ける傷は深かった。

「あたしはあたしが書きたいものを書くために作家になったんだ！　あんたたちの代わりに書くためじゃない！　あんたたちに書きたいものや作家としての理想とやらがあるならあんたたちが自分で作家になって書け！　あたしの作品に文句をつけたいだけなら二度と会わない、電話にも出ない！　出ていけ！」

そうなると父親や親類の矛先が向くのは彼だ。

あんなことを言う子じゃなかった。

お前と結婚したから悪くなった。

昔なら素直に言うことを聞いたはずだ。

彼女の作品を、生き方を酒の肴《さかな》にしようという彼らに何の遠慮も親愛も湧くはずがない。彼は押しかけてくる彼女の身内を淡々と追い返し、電話は取り次がずに切るようになった。

「酔っ払いの言うことだ、まともに聞くな」

彼の膝にすがりついて泣く彼女をあやす。だが、彼女は身内をやはり愛していて、彼らからの言葉をただの酔っ払いのたわごとと聞き流すことはできないのだ。

そしてそんな間にも、彼女は処方された薬を飲み続けた。

毎日、きちんと、真面目に。

変わったことがあったらすぐに病院に来てください。

そう言われた通りに、そんなことがあったら彼女は翌日には病院へいき、医師はその度に彼女の話を聞いて薬の処方を細かく調整した。


彼女は父親の携帯と実家の電話、そして親類の電話番号を着信拒否にした。

彼らは酒の席で彼女にどんな粗相をしたかの記憶は酔いが醒めるとともに欠落して、何度でも同じことを繰り返したからだ。

両親、兄、姉、実家の彼女の家族で彼女の理解者は母親だけだった。兄姉は彼女の小説自体に興味がなく（そのほうが父親より何十倍もマシだが）、母親だけが彼女の作品を素直に面白いと楽しんでくれ、彼女が作家になったことを喜んでくれていた。

だから彼女は母親とはこっそり連絡を取り合っていた。

「お母さん？　今度○○社の雑誌に短編が載るけど、お父さんたちには知らせないでね」

そこは恐らく、彼女の父親や親戚筋の元文学青年たちが知ったら土下座するような出版社で、彼女がそこへ少なからず寄稿するようになっていると知ったら彼らが手のひらを返すことは目に見えていたが、彼女の怒りは深かった。

あの作家は俺の娘だ。

俺の姪だ。親戚だ。

そういう自慢を彼らには決してさせないと彼女はもう決めていた。

「分かってるよ。あの人たちにはあんたを自慢する権利はないからね」

だがある日、父親はとんでもないことに彼女を巻き込んだ。

自宅にとある地域の民生委員を名乗る婦人がアポイントを取って訪ねてきた。二人の住む地域ではなく彼女の実家の地域の民生委員で、連絡先は彼女の母親に教えてもらったとのことだった。

一体どうしたわけかと怪訝《けげん》にその民生委員を迎えると、思いも寄らない話を聞かされた。

古い持ち家で一人暮らしをしていた彼女の祖母が認知症になり、徘徊はもちろん、徘徊中に外で排泄などをするので近所からも苦情が出ているという。

ところが、それを訴えても彼女の実家の父親は一向に動こうとしないのだそうだ。

「もう施設に入所しないと素人の介護では対処できないレベルです。施設の空きも手配できますが、息子さん……お嬢さんにとってはお父さんですね、お父さんが仰るには説得しても本人が嫌だと言うので仕方がない、と。話すときもしっかりしているので妻が通いで世話をしている分には大丈夫だ、と。こういう話はよくあることなんです。いわゆるまだらボケという症状で、確実に痴呆は始まっているんですが、一日中ボケているわけではない。特に自分のテリトリー内である自宅などではしっかりしているように見えます。それは何度もご説明させていただいたんですが、どうしても理解していただけなくて……それに、いくらおばあさんご本人が大丈夫だと言ってもその、あの状況で老人を一人で放置しておくのはもう虐待《ぎゃくたい》と言っても言い過ぎではない状態で」

彼女は話を聞きながら途中で目を閉じ、何もかも諦めきったような深い溜息をついた。

「……私は、何をすればいいんでしょうか」

「おばあさんを施設へ入所させるようにお父さんを説得していただければと……何でも、奥様の言うことは聞き入れてもらえないとのことで。それでお嬢さんの連絡先を伺いました」

「分かりました。一番早く入所できるのはいつですか。その日に入所させます」

「有料になりますが、施設が入所をお手伝いするサービスもありますが」

「利用させていただきます」

そして民生委員と彼女は事務的な相談を詰め、民生委員が帰ってから彼女は母親に電話した。母親と電話を終えてから、彼女が事情を説明できるまでにたっぷり二時間はかかった。

概要は民生委員が説明した通りである。

「何も起こってないときに普通に付き合ってる分には普通の善良な人たちだよ、って前に言ったよね」

彼女はそう前置いて話し出した。

うちの家族はね、私以外の皆が皆、現実に向き合う能力のない人たちなの。困ったことや悪いことが起きても、じっと黙って我慢してたら、無視してたら、いつか何とかなるって思ってて、誰かがどうにか片付けなきゃどうにもならないことをいつまでもいつまでも先送りにする人たちなの。父は強がってるけどその筆頭で、しかも王様なの。たとえば母が「これは何とかしなきゃまずいんじゃない？」って言っても怒鳴りつけて黙らせる人なの。

父には何を言っても無駄なの。だから家族は昔から父には何も言えなかったし、今更もう何も言わない。そのくせ父は、自分で引っ張って引っ張ってこじれきってから「どうにかしろ」って家族の誰かに問題をなすりつけるのよ。

そして、そういうときに現実を処理できるのは、私だけだったのよ。誰も自分からは動こうとしない、結局私が後始末ばっかり。母だって今回、民生委員に教えたのは兄や姉じゃなくて私の連絡先だったでしょう。兄や姉じゃ何もできない、してくれないって分かってるからよ。

このままじゃいつかこの人たちに使い潰されると思って、私は逃げたの。逃げて一人で暮らすことにしたの。

さっき母に訊いたけど、入所一時金も月々の費用も祖母の貯金と年金で充分賄《まかな》えるのよ。それが分かってても動かないの。誰もよ。まだらボケの老人の「意志」を尊重してると言い張って、結局虐待に近いようなことにしてる。近所の人にも迷惑かけてるのに、すぐに動けない言い訳はぐずぐずたくさん言って、今回も困ったことが通り過ぎるのを待ってる。

祖母を施設に入れない限り、困ったことを解決できるのは祖母が死ぬことだけなのにね。結局私が動かないと、祖母が人様に迷惑かけながら死ぬのを黙って待つだけなのよ。

「ごめん、手伝ってくれる?」

「当たり前だろ」

この問題が片付かない限り、彼女は今唯一すがれる生き甲斐――敢えて仕事とはもう言うまい、小説を書くことさえもできないのだ。

民生委員と母親の話によると、彼女の祖母はもう三年も風呂に入っていないという。一人ではもはや風呂に入れず、かといって家族が風呂に入れようとすると「殺される」「助けて」などと近所中に響き渡るような声で叫んで手がつけられなくなるほど暴れるからだ。

彼女が介護の入浴サービスを頼めと何度もアドバイスし、実際に介護サービスの連絡先や料金も調べて教えていたらしいが、困ったことを黙ってやり過ごす人々である彼女の家族は誰も彼女のアドバイスを聞いて動こうとはしなかったという。

その日を目前に控え、彼女は彼に買い物を頼んだ。もう彼女は通院以外で外出できなくなっており、買い物などは休みの日に彼が引き受けるようにしていた。

「安いジャージとスニーカーをあなたと私の二人分。あとは安いタオルを何枚かと、まとめ売りの軍手と雑巾」

全部その日を終えたら捨てることになると思う、と彼女は付け加えた。

そして実際、彼女の祖母の家の惨状は凄まじかった。

平屋だが立派な庭のある広い家だったのだろう。今は廃屋と言って差し支えなかった。或いはテレビのニュースで見かけるゴミ屋敷。

施設が迎えに来るまでにこの中に引き籠《こ》もっている彼女の祖母を外に引っ張り出さなくては。家の外にまで既にうっすらと異臭が——運営を放棄されて放置されている動物園のような異臭がした。

タオルを首や口元に巻き、軍手を着けていた彼と彼女に、近くで様子を窺っていたらしい婦人が話しかけてきた。

「あのー、ここのおばあちゃん、どうかなさるの?」

「今日、施設に入れます。長らくご迷惑をおかけしてすみませんでした」

彼女が頭を下げると、婦人は重ねた。

「早く終わらせてくださいね。ご家族の方、おばあちゃんに会いに来るとき換気で窓を開け放すでしょう。正直ね、臭くてたまらないのよ……失礼ですけど。奥さんは二、三日おきにお世話に来られるんだけど、そしたら近所はみんな窓を閉めるのよ、ご存じ？　奥さんは謝ってくださるけど、謝ってくださったところで、ねえ？　直接のお身内は旦那さんでしょうに……」

婦人は我関せずとばかり道端で煙草をふかしている父親を軽蔑の眼差しでちらりと睨んだ。

「あの状態の老人をよくここまで放置してきたものだと……私たちも民生委員さんによく訴えていたんですけどね」

「すみません」

彼女の落ち度ではないのに彼女が頭を下げる。

「今日、何とかしますから。今日は何とかこらえてやってください」

彼も一緒に頭を下げた。彼女が頭を下げるなら、それが不当なことであっても彼女と分け合うのが彼の義務だ。それで彼女の負担がどの程度マシになるかは分からないが。

門を開け、父親が荒れ果てた庭に入った。彼と彼女が続くと、母親が後ろから声をかけた。

「足元気をつけて」

制止は一歩遅く、彼の靴の裏がぬるりと滑った。鼻を突く異臭。人糞だ。ぞっとした。身内であってもその排泄物に触れることには躊躇する人は多いのに、彼女の祖母と彼とは血が繋《つな》がっていない。

「お母さん！　そういう注意があるなら早く言って！　彼、手伝いに来てくれてるのに！」

彼女の声も尖っている。彼女の母は善良には違いなかったが（兄や姉に至っては手伝いにすら来ていない）、気が利くタイプではなかった。

「ごめんね、おばあちゃんもう大分前からおトイレ使わなくなっちゃって、庭でしちゃうのよ。くみ取りの和式が恐いのかと思って洋式の便座を被せたんだけど、それでも使ってくれなくて」

彼は黙って靴の裏を土の上でこすった。彼女には彼を巻き込んだという引け目がある。それに耐えてこの状況の指揮を取る。叶うものなら彼女から指揮権を取り上げてすべて彼が仕切りたい。そのほうがずっと早く終わる。だが、それをしたら彼女の身内と彼女の間に決定的な溝ができることも確実で、彼女もさすがにそこまではと躊躇して自分が仕切ることを選んだ。

「お母さんは庭でおばあちゃんの粗相の跡を片付けて。臭いが近所の迷惑になるから」

母親は門の裏に置いてあった掃除道具で祖母の粗相したものを拾い始めた。慣れた様子だった。世話で訪ねてくるときも庭の始末から始めるのだろう。

そしてさっさと玄関先へ逃げた父親は、きっとそんなことを手伝ったこともない。

父親が玄関を開けると、――彼女はたじろいだように一歩下がって彼にもたれかかった。彼は彼女を支えるために退かなかった。

そこはもはや人間の住むところではなかった。獣の巣。――いや、それ以下だ。獣だって自分の巣はもっと清潔に保つに違いない。

浮浪者がみっちりと集っているガード下と同じ臭いが奥から襲いかかってきた。タオルで顔にマスクをしていてもそれを貫いて届く臭い。

あちこちにゴミ袋が散乱し、ある程度は分別しようとした努力の跡はある。通いで世話をしているという母親がゴミ出しなどはできる限りしたのだろう。しかし、部屋の至るところに総菜の食べカスやすり切れるまで着続けたのであろう下着が散乱し、

こんな状態は人が住んでいるなどとは言わない。こんな状態に緩やかに落ちていくまで彼女の父親は祖母を――自分の母親を放置したのか。

まだらボケの老人の「意志を尊重」して。彼女がどれだけ父親に失望し、幻滅したか、言葉も交わさずに分かった。

彼女が当然のように土足で家に上がろうとすると、父親が渋い顔をした。

「靴くらいは脱がんか、ばあさんの家に上がるのに」

「ふざけんな」

彼女は低い声でそう言って父親を睨んだ。

「こんな家が家なんて呼べるか。ここは、あんたが無責任におばあちゃんを放し飼いにし続けた単なる檻だ。彼は庭先でいきなりおばあちゃんのウンチを踏まされたのよ。家の中にだって何が転がってるか知れたもんじゃない。掃除だってどれだけしてないの。どこもかしこもダニだらけよ、きっと。あんたが小綺麗だったおばあちゃんの家をこんなふうにしたのよ。そんなところに靴脱いで上がれって言うの？　あたしたちは今日のジャージも靴も下着も靴下も全部捨てる気で来てるの。それだけひどい状態だって民生委員さんに教えられたから」

彼女はそうまくし立てて土足で框《かまち》に上がり、彼にも「構わないから」と上がらせた。

奥の間に進むとともに、動物臭が強くなった。そして、奥の間に敷きっぱなしで煎餅になった布団の上に、背中の湾曲した老婆が正座していた。その老婆が動物臭の中心だった。

老婆は彼女を見上げ、彼女はむせるような動物臭の中でタオルを取ったが、老婆はもはや彼女を認識できないようだった。彼女は諦めたようにまたタオルを巻いた。

見るに耐えない、とはきっとこういう状態だ。すり切れてあちこち穴が開き、分解していないのが不思議なほどの着衣。動物臭は本物の動物園に行ったよりもひどく、糞尿の臭いもまとわりついている。そして人間が三年風呂に入らないということはこういうことかと思い知る——

奇妙な形の帽子を被っていると思ったら、違った。頭皮が何層にも重なって剝《む》けた、帽子状のフケだった。髪がクッションになり、その巨大なフケが砕けず形を保っているのだ。

顔も肌も全体が垢《あか》じみて、——これに触れるのかと思うと鳥肌が立った。

ごめん。彼女が低く呟いた。

「あたしも触りたくない。あなたはもっとだよね。でも父は絶対手伝わない。ごめん」

部屋も凄まじかった。布団の周りに散乱しているレジ袋の中身は、全て着替えた下着か或いは食べ散らかした総菜のパックだった。彼女の母親が作って持ってきたものだろう。起き上がってゴミ箱まで行くのが面倒なので、布団の中からできるだけ遠くへ放り投げるらしい。いつもなら彼女の母親がそれを片付けて、せめて布団の周りだけ少し掃除して帰るのだろう。

家全体にはとても手が回らない。むしろ取り壊して更地にしたほうが早いほどの惨状だ。自宅の家事もしながら定期的に通っていたという母親は、困ったことを黙ってやり過ごす人々である実家の中では努力していたほうだろう。

そして施設からの迎えが来た。

彼女が言った通り、父親は手伝おうとはしなかった。

「殺されるぅぅぅ――――――――！　誰か助けてぇ――――――――！」

喉も裂けよとばかりに叫び、暴れまくる祖母を押さえつけ、触りたくないなどと最初に思っていたことはすっかり忘れた。骨が脆くなっている老人が力の限り暴れるのを、若いこちらが全力で押さえつけたら大怪我をさせてしまう。だからといって手加減すれば押さえ込めず、力加減に苦労する。暴れる祖母を玄関まで運び出したのは彼と彼女だった。玄関からは彼女の母も手伝い、「おばあちゃん、大丈夫だから、大丈夫だから」と声をかける。

だが、施設の係員に引き渡すと嘘のように大人しくなった。珍しいことではないそうだ。

よろしくお願いしますと頭を下げ（さすがにそのときは父親もいた）、施設の車が走り去ってから父親が吐き捨てた。

「あんなに嫌がってるものを無理矢理に……家には土足で上がるし、お前たちに情というものはないのか」

さすがに母親が「お父さん！」と父親の袖を引いたが、もう彼のほうが限界だった。この父親の暴言に彼女をさらしておくことが。

「お言葉ですが、この家にあんなお年寄を一人で今まで放置していたことが虐待ですよ。彼女はあなたの虐待からおばあさんを救い出したんです。民生委員さんもあなたが頼りにならないから彼女を頼りに来たんです。僕らは感謝されこそすれそんな暴言を受ける謂《いわ》れはありません」

「大体、迎えのサービスなんて余計な金がかかることを勝手に決めて。誰が払うと思ってるんだ。ばあさんがいつまで生きるか分からんのに、俺に一言の相談もなく勝手に無駄遣いを決めて」

彼女が無言で二人の車に戻った。助手席から鷲摑みにして戻ってきたのは彼女の財布だ。

　そして彼女は札入れに入っていた札をすべて摑み出し、父親の顔に投げつけた。

「それで足りなきゃ請求書でも寄越せば⁉」

　父親の顔が呆気に取られてから憤怒に染まった。

「お前、親の顔に向かって何様のつもりだ！」

「無駄遣いって言ったわね！　無駄遣いって！　あんたが手伝ってたら手は充分足りてたのよ！　本音が透けて見えてんのよ、この期に及んで汚いおばあちゃんに触りたくなかったんでしょ！　嫌がってるのにかわいそうだっておためごかしで結局おばあちゃんは今どうなった⁉　この家はどうなった⁉　昔は仲良くしてくれてた近所の人にも白い目で見られて、この家の窓を開けたら周りが臭うから早く閉めてくれって頼まれるほどになってんのよ！　そうしたのはあんたよ！　他人の彼があたしでも触りたくない状態になってるおばあちゃんを抱えて運んだのに、あんたは見てるだけだった！　玄関開けた以外何にもしなかった！　そんでたかが数万の送迎費が惜しいならあたしがくれてやるわよ！　親子の縁ならあたしから切ってやる！」

「ちょっと文章で稼げるようになったからって親の横っ面を金ではたくようなことしやがって、お前の書くものなんか、」

　その先は言わせるものか。

　彼はとっさに父親の胸倉を摑み上げた。さすがに父親が息を飲む。

「あんたの娘かもしれない。でも俺の妻です。——俺の妻を侮辱するなら殴ります。たかが数万、おばあちゃんを安全に送迎するためのお金を惜しんで難癖をつけるあなたは尊敬できる義父ではありませんから、容赦はしませんせん」

そして彼は父親の胸倉を突き放した。父親は周囲に散らばった札の上に尻餅を突いた。

「帰ろう」

彼は彼女の肩を抱いて車に戻った。彼女の顔色は真っ白で、まるで夏服で雪原に放り出されたようにがくがく震えていた。

彼女が心を病んでいることを実家の家族は知っているはずなのに。母親はおろおろするばかりで彼女を庇《かば》ってはくれなかった。兄も姉も病気の彼女に押しつけて知らん振りで、父親に至っては。

何も起こってないときに普通に付き合ってる分には普通の善良な人たち。

そんな家族なら要らない。彼女のためにそんな家族は要らない。

「君には俺がいるよ。実家とはもう付き合いを絶とう」

車が走り出しても彼女の震えは止まらなかった。


そして家に帰ってきて、最初の兆候は起こった。

見慣れた新婚向けの2DK、決して広くはないその間取り。帰ってきてほっとした。

「先にシャワー浴びろよ、俺も着替えて脱いだもん捨てるし」

ゴミ袋を取りに台所へ向かった彼の背中に、心許《こころもと》ない声がかかった。


「お風呂場って、どこ……？」

背中に氷を詰め込まれたように背筋が冷えた。

玄関に飛び出すと、彼女は玄関に上がったところでやはりがくがく震えていて、――目の焦点はどこか遠くに合っている。

「わか、わかんない、ドア、ドアがいっぱい、いっぱいありすぎて、部屋がいっぱい、」

「おい！」

この家のドアなんて玄関まで含めたって四枚しかない。そして襖《ふすま》が四領だ。部屋なら２ＤＫにトイレと風呂。

彼が支えるより先に彼女は棒のように廊下に倒れた。ゴトンと頭から落ちた音がした。


あぁ……


彼女の唇から音階の外れた声が漏れ、そしてそれは始まった。

「あはははははははははははははははははははははははははは！」

まったく抑揚のない一本調子の、しかし強く高い笑い声。

そして彼女は水揚げされた魚のように、ビクンビクンと激しく全身を痙攣《けいれん》させ始めた。跳ねる手足が狭い廊下のあちこちを打つ。

「しっかりしてくれよ、おい！」

無意識にあちこちが跳ねる体は彼女の祖母より押さえ込むのが難しかった。抱き上げても予期せぬ痙攣で取り落としそうになる。

ようやく彼女をベッドに転がし込み、その間彼女はずっと笑っていた。どこで息を継いでいるのかも分からない、もう笑いではないのかもしれない。ただもう絶え絶えの息になって横っ腹がビクビク波打っている。

そして彼は生まれて初めて、救急車を呼ぶことを一切の躊躇なく決めた。


日曜日の夕方、彼女は一時間近くも病院をたらい回しにされた。その理由は後に詳しい友人が教えてくれたが、精神科や心療内科に通っている患者は、それだけで受け入れを拒否されるのだという。たとえ倒れた原因が脳卒中かもしれなくても心臓発作かもしれなくても、精神病による通院歴があるだけで「精神病で緊急を要する症状は出ないので受け入れはできない」と一まとめに蹴られる。彼はそんなことは知らなかったので、一一九番のオペレーターの指示のまま彼女の現在の通院状況と病歴や投薬内容を告げた。

救急隊員は途中で彼女に関する説明を切り替えた。現在の症状はてんかんに見える、と。

そしてようやく内科のある病院に搬送を許された。

その頃にはもう彼女は気を失っていて、病院での処置は点滴だけだった。

彼女の状態さえも聞いてはもらえず遮られた。

それは明日にでも行きつけの病院で担当医にお話しになってください。

点滴が終わったらお帰りになって結構です。

淡々とした医師の、看護師の口調が不愉快だった。

あんたたちは、彼女がどんな状態だったか見ていないから。

たった2DKの部屋の間取りを彼女は忘れたんだぞ、たった一日で。どのドアが風呂場でどのドアがトイレかさえ分からずに。

気が狂ったのかと思ったほど唐突に垂れ流された笑い声。呼びかけても反応はまったくなく、ただ体だけが激しく跳ねて。

彼は点滴の針が刺さっていない彼女の腕を取り、ジャージの袖を肩までまくり上げた。すでに腕中に紫色の痣が飛び散っていた。きっと胴も足も、固いところにぶつけた部分は体中。

やがて点滴が切れて病院を追い出された。目覚めない彼女を負ぶって病院を出た。タクシーを摑まえて、自宅まで夜間料金で二万円。

帰り着いてから彼女をベッドに寝かせ、服も下着も全部着替えさせた。体を拭いて新しい下着を着けさせ、寝間着を着せる。

昼間、あの惨状を片付けて暴言を食らい、帰宅して彼女自身も惨状に陥った。もう昼間の作業のために着ていたもの、使ったものすべてが彼には穢れとしか思えなかった。清めの儀式のように彼女を世話して、それから彼も自分が身につけていたものをすべてゴミに分別してシャワーを浴びた。

Story Seller

*

——そして、話は冒頭に戻る。

てんかんのような症状はその後も度々彼女を訪れるようになった。彼が帰宅して、彼女の姿が見当たらなかったら大抵部屋のどこかに力尽きたように倒れている。

彼女の通う病院で紹介状をもらって何度も検査をし、結局原因は分からなかった。

薬の組み合わせの問題かもしれないし、ストレスかもしれないし、体質かもしれないし、それらが融合して引き起こされたものかもしれない。

とにかく彼女は、思考した分だけ生命力を削られるという奇病に冒されたのだ。

致死性脳劣化症候群と名付けられたその病に。

恐らくは、彼女が死に至ればその病名を必要とする者が誰もいなくなる孤独な病に。

そしてその病気にとって、彼女の作家という仕事は最も不適切な職業だった。

彼女は物語を考える。考える。考える。——そして恐らく力尽きて倒れているのだ。

そして、いつか揺り起こしても目覚めなくなる。

作家を辞めるか。続けるか。それを決めるまでは少なくとも安静な生活をしようと約束した。

それが可能かどうかは分からないが、彼女は極力物事を深く考えないようにし、家事をルーチンワークとしてこなし、一見普通の主婦のように生活した。

深く思考に没入しない助けとして薬も処方され、それも欠かさず飲んでいた。

言っても仕方がない。そんなことは分かっていながら言わずにはいられなかった。

「ごめん。俺があんなこと勧めなかったら」

小説、応募してみれば。

「ううん」

彼女は鎮静剤のせいか常におっとりと笑うようになっていた。

「作家になれて嬉しかった。あたしの作品が好きだって言ってくれる人はこんなにいたんだってすごく嬉しかった。あたしは飛べないと思ってたのに、飛べるって教えてくれたのはあなたなの。それに作家になったことは病気に関係ないかもしれないよ」

そんなことはない。そんなことはある筈がない。彼女は作家になったことで喜びが増えたかもしれない。だが重荷も確かに増えたのだ。

こんなことになるなら彼女の読者は俺だけでよかった。そうしたら彼女は通り魔のような連中に傷つけられることはなかった。妙な昔の連中や、彼女自身の身内であることでよけいに彼女が救われない勝手な言い草を垂れるおっさんどもに。

薬、ストレス、体質。どれが原因か特定はできない。だが恐らくそれらは不可分で、それらを分かちがたく結び上げたのはストレスの可能性が高いと言われた。

それならすべてがよってたかって彼女の思考を殺すのだ。魅力的な物語を紡《つむ》ぎ上げていた彼女の思考を。

「作家辞めたら、子供作ろうか」

彼女はそんなことも言った。

「前から思ってたの。あなたをお父さんって呼べる子は幸せだろうなって」

「そんなこと……」

「あるよ。優しくて、身勝手じゃなくて、困ったことは黙って通り過ぎるのを待ったりしない。あなたがお父さんだったら子供は幸せになれると思う」

決めた、と彼女は呟いた。

作家を辞めることになったら子供作ろうね。

彼にもちろん異存はない。だが——君は？


君は、我慢できるのか？　たとえ職業としての作家を辞めたとしても、小説を書かないという人生を君は選べるのか？

君は書くことそのものを捨てられるのか？


彼女にその命題を突きつけることはできなかった。彼女が決めなくては意味がない。

いや、彼女が気づかなくては意味がないのだ。彼はもう知っている。

それが金にならなくてもならなくても、彼女が書かずにはいられない人種だということを。

＊

体調不良ということですべての仕事を断って、三ヶ月ほど経っただろうか。

観ても観なくてもどうでもいいようなテレビを観ながら、彼女の頬をつうっと涙が伝った。

「……ごめん」

ああ。やっと気づいたんだね、君は。

彼女は固まったようにテレビのほうを向いたままで呟いた。

「作家を辞めるかどうかじゃなかった。……あたしが書くのを辞められるかどうかだった」

そうだよ。その通りだ。

「それで、あたしが一番読んでほしいのは、いつでも必ずあなたなの」

それは彼にとってとても誇らしく、同時に痛い。

「作家を辞めたって、一番読ませたい人と暮らしてるのに、書くのを辞めるなんてできない」

分かってたよ。

そう答えると、彼女は彼にすがりついて号泣した。それは、彼女が緩やかにいつ降りてくるか分からない死を受け入れた瞬間だった。

「言っただろ？　最後までそばにいるから」


同じ書くなら仕事は辞めない。彼女はそう宣言した。

彼女は医者と相談し、まず書く時間の限度を調べた。書きはじめる前にカメラをセットして、倒れるまでの時間を計る。二週間で平均を取り、休憩時間などを抜いて約五時間が限度だった。

その五時間に余裕を持たせて、一日に書いていいのは四時間。時計でこまめに残り時間を管理する。気分が乗らない日は無理をして書かない。

そして執筆の緊張を緩和するための薬を処方してもらうことになった。

仕事先にも事情を説明して、仕事の方式も書けたものを順次卸していく形に変更した。小説に集中するためにエッセイやコラムなどは一切の例外なく断る。

その体制でいつまで続くのか。

彼は仕事の合間、午前中と昼休みと午後、そして帰る前の四回彼女に電話を入れる。

無理はしてないか。——そして彼女は生きているか。出るのが間に合わなかったら、彼女から折り返す。折り返しがなく、彼が家に帰ったことが一度あった。

どうしても欲しいものがあったので買い物に出ており、電波が繋がらないところにいたというオチだった。

何が欲しくてこんな状態で一人で外に出たんだよ。心臓が潰れるような思いをしただけに彼は彼女を詰《なじ》ってしまったが、買い物の内容は教えてもらえなかった。

仕事を終わらせるときは強い鎮静剤を飲む。眠るときもやはり強い睡眠導入剤を。

彼女の脳はもう自律性を失っていて、それはブレーキの壊れた電車のようなものであるらしい。そしてブレーキが薬だ。もう彼女の脳は薬の力を借りないと止まらないのだ。

彼女の脳は「休息」を求める信号を感知することができずに、薬で強制的に鎮静させない限りは完全に覚醒《かくせい》した状態で彼女を酷使し続ける。

肉体も。

脳自体も。

不眠は以前から訴えていたが、まさかそんなことになっているとは思わなかった。

人間が痛覚を失うことは死に関わるという。そんな話を小説や何かで彼はたくさん読んでいた。痛覚はセンサーなのだと。ここが痛いですよと体が本人に教えているのだと。ここが痛いですよ――ここがやばいですよ。早く処置をしてくださいよ、と。

もし痛覚がなくなったら、本人が致命的な怪我を負っても気づくことができず、たとえば腸がはみ出ていても目で見ないとその怪我を認識できないのだという。

彼の曾祖父の話である。癌の末期でいよいよモルヒネも効かなくなった。痛みで本人も家族も苦しんでいたところへ、医者から提案があった。脊髄《せきずい》で神経を切断することができる、と。今であれば、いや当時でも恐らく違法の処置だ。神経を切断するのだから、体の痛みを伝える電気信号は脳へ伝わらない。だが、切断した神経はもう接続できない。そして神経束を切断する以上、その後は植物状態になる。

本当に末期で、もう助からない患者への処置だという。

曾祖父はもう助からない状態だった。曾祖父と家族はその処置を選んだ。亡くなるまでは数日だった。曾祖父の家族は眠る曾祖父を世話して静かに過ごしたという。

親戚の中には生きているのに植物状態にするなんて、と曾祖父の家族を責める者もいた。だが、いっそ殺してくれと頼むほど苦しんでいたという曾祖父に、最後の最後まで痛みを感じてあげけというのか。最後まで意識を保っていてほしいということは家族が一番願っていただろう。その家族がその処置を選んだのだ。痛覚という生きるためのセンサーを失う代わりの安楽を。そしてその安楽と引き替えの植物状態を。家族でない者がどうこう言える問題ではない。

そして「疲労」というセンサーも同じなのだろうか。そのセンサーを失った彼女は、薬で制御しない限り死ぬまで止まらず動き続けるのだろうか。

いつか車輪がレールから外れて転倒するまで。彼の曾祖父は最後にモルヒネが効かなくなった。彼女は一体最後にどうなるのか。

……ああ、ごめんね、ここまでだ。ごめんねこれだけ仕上げたかったけどもう無理みたい

おかえりなさい　ごめんなさい

あなたがすき

いままでありがとう　ごめんね　さよなら　元気で　幸せになってね

（XX年四月絶筆）

……そして僕の家には今、正絹《しょうけん》で包んだ白木の箱で眠っている彼女がいる。

まだ納骨する気にはなれなくて、寝室のサイドボードの上にいてもらっている。

葬儀は密葬にして、彼女の身内からは彼女の母親だけに来てもらった。

最後まで書けても書けなくても、その原稿はその出版社の担当に渡してくれと言われていた。その人に渡す番だから、と言っていた。最後まで生真面目で男前な彼女だった。

完成していてもしていなくても、発表するもしないもその担当氏の好きにしてほしいとのことだったので、そのまま伝えた。

担当氏は自社の小説誌に載せた。反響はいろんな意味で凄まじかったそうだ。死者を冒瀆《ぼうとく》する行為だと怒鳴り込んでくる人もいたらしいが、彼女はきっと歯牙《しが》にもかけないと思う。

＊

あたしが好きにしていいって言ったのに、何で他人のあなたが怒るの？


今日はその担当氏が、彼女の最後の本を届けに来てくれていた。

今まで彼女がその出版社で書いた短編と絶筆原稿を合わせて一冊分にしてくれたらしい。

「コラムやエッセイも一緒にまとめさせていただきました。他社の分と合わせたらエッセイ集にできるかもしれませんが、実現するかどうか分からないのでひとまず」

「ありがとうございます。きっと喜ぶでしょう」

「それで印税のほうなんですが……」

そうか、受け取る人がいなくなってしまった。こういう場合はどうなるのだろう。

「ご主人を受取人にすることになっています」

僕はそのときよほど怪訝な顔をしたらしい。担当氏は窺うような口調で言い添えた。

「各社担当、全員その指示——というか、遺言を預かって手続きをしているはずですが。今後の重版分も全部。ご存じありませんでしたか」

ご存じありませんでした。

担当氏とは彼女を偲《しの》ぶ話を少しした。

そして彼は帰り際に僕に尋ねた。

「最後の『ストーリー・セラー』は——どこまで本当だったんですか？」

誰もが聞きたがった話だ。担当編集者は不治の病だとしか説明されていない。彼女の手持ちの時間が残り少なかったということだけしか。

「どこまでだったと思います？」

僕は笑った。僕が墓まで持っていくつもりだと分かったのだろう、担当氏も笑って会釈した。

担当氏を送り出してから、彼女が生きていた頃の言葉を思い返した。

もし、あたしがいなくなったらあたしのノートパソコン立ち上げてね。

近い将来の「もし」はもう来てしまった。

強いて言えば、それが僕への遺言になる。それを実行すると、彼女がいなくなったことをもういよいよ認めなくてはいけないようで、今まで触れなかった。

だが、彼女が頼んでいったことだ。

僕は彼女がサブマシンとして使っていたノートパソコンに、何ヶ月ぶりかの電源を入れた。

立ち上がりが重い。そろそろまたメンテナンスしてやらなきゃな──などと考え、もうそんな必要もないことに気づいてどっと肩が重くなった。

起動すると、デスクトップに分かりやすく新規フォルダが作られていた。


あなたへ。

クリックして開くと、短いテキストが表示された。

『私の箪笥の下着の引出しを探してください』


弾《はじ》かれたように立ち上がり、彼女の箪笥の下着入れを漁った。下着の下から封筒が二通。

一通は正式な遺言書のようで、彼女の実印で封がしてある。立ち会いの弁護士の連絡先なども付箋《ふせん》で貼り付けてあった。

もう一通は、洒落た柄のレターセットだ。

手が震えた。間違っても中身の便箋を切らないように、カッターで丁寧に封を開けた。

もうこの世にはいない彼女からの、最後の言葉がここにある。

開くと見慣れた彼女のくせ字が綴《つづ》られていた。


『私の大好きな大好きなあなたへ。


最後の手紙になるのでかわいいレターセットにしようと思って、思い切って外に出て、一日中街で探し回りました。気に入ってくれた？

でも、いざとなるとなかなか文章が出てきません。小説ならあんなにすらすら書けるのにね。

共白髪になるまで一緒にいたかったです。

あなたをお父さんと呼べる幸せな子供も生みたかった。

でも、それは私にはもう無理になってしまったので、私は私のできることで、ありったけのものをあなたに遺《のこ》します。

私の書いたものはすべてあなたのものです。

私の書いたものに発生するすべての権利はあなたのものです。

今まで書いてきたもの、これから残り時間で書くもの、すべてあなたに捧げます。

どうかあなたが受け取って、あなたが幸せになるために遣ってください。

あなたが受け取ってくれると信じて、私は残りの時間で書ける限りの物語を売ります。

けれど、一番初めの読者はあなたです。

作家になれたのは、今まで読んできた小説の中で一番好きだと言ってくれたあなたがいたから。

だから、最初の読者はいつまでもあなたです。
あなたがいてくれるから、こんなことになっても最後まで書けます。
あなたのために書く権利をくれてありがとう。
私がいなくなったら幸せになってください。
私は書くことが一番で、結局あなたのためにも書くことを辞められなかったので、
今度はあなたを一番に思ってくれる素敵な誰かを見つけて幸せになってください。
一つだけわがままを言っていいなら、その人が私の本を嫌いな人でなかったらいいな。
最後まで支えてくれてありがとう。
私を幸せにしてくれてありがとう。
それでは。

あなただけの作家より』

誰かが泣いていた。うるせぇなと思って、気づいたら僕が泣いているのだった。

担当氏を笑顔で煙に巻くほど冷静だった僕が身も世もなく号泣していた。

最後まで支えてくれて。──僕は彼女の最後には間に合わなかったのに。

その日、家に帰ると彼女はもう眠るように逝っていた。机でうたた寝をするように。最後まで入院するのは嫌だと言った。死ぬならこの部屋で──僕と過ごした数年間が詰まったこの部屋で死ぬと。

けれど無理にでも入院させておいたら、今際《いまわ》の際《きわ》には間に合ったんじゃないのか。たった一人で旅立った彼女のことを思うと胸が潰れそうになる。せめて最期に手を握っていてあげたかった。ここにいるよと聞こえなくなるまで囁いてあげたかった。

彼女のためなんて綺麗事は言わない、僕は僕のためにそうしたかった。僕は彼女を大事に大事に大事にしたかった。

それなのにどうして僕は彼女の最期に立ち会っていない。抱き締めるともう冷たくなっていた。事切れてから冷たくなるまでずっと抱き締めているはずだった。


それでは。


結びの言葉に「さよなら」と書けなかった彼女が愛おしくて愛おしくて愛おしくて、君はずるい、自分だけ言いたいことを全部遺して、僕は改まったことは何も言えなかった。きっと言わなくても伝わっていたけど、もっと口に出しておけばよかったこと。もう伝えられなくなるなんて考えたくもなくて胸に押し込めていた言葉たち。

どうして何度でも伝えておかなかった。僕は何て弱かったのか。改まって伝えたら、伝えられなくなる日が来ることに向き合わなくてはならないから、それが恐くて目を逸らした。

君はちゃんとその日の準備をしていたのに。

君は最期まで何て男らしかったんだろう。そんなきみがすきだ、

きみがすきだきみがすきだきみがすきだきみがすきだきみがすきだ
きみがすきだきみがすきだきみがすきだきみがすきだきみがすきだき
みがすきだきみがすきだきみがすきだきみがすきだきみがすきだきみ
がすきだきみがすきだきみがすきだきみがすきだきみがすきだきみが
すきだきみがすきだきみがすきだきみがすきだきみがすきだきみがす
きだきみがすきだきみがすきだきみがすきだきみがすきだきみがすき
だきみがすきだきみがすきだきみがすきだきみがすきだきみがすきだ
きみがすきだきみがすきだきみがすきだきみがすきだきみがすきだき
みがすきだきみがすきだきみがすきだきみがすきだきみがすきだきみ
がすきだきみがすきだきみがすきだきみがすきだきみがすきだきみが
すきだきみがすきだきみがすきだきみがすきだきみがすきだきみがす
きだきみがすきだきみがすきだきみがすきだきみがすきだきみがすき
だきみがすきだきみがすきだきみがすきだきみがすきだきみがすきだ
きみがすきだきみがすきだきみがすきだきみがすきだきみがすきだき
みがすきだきみがすきだきみがすきだきみがすきだ
いままでありがとう　ごめん　でもさよならはまだいいたくない

きみがぼくをさいしょのどくしゃにしてくれていたことを
いつもほこりにおもってた

Hiro Arikawa
Presents
Story Seller

Side: B

＊

「次はどうしよう……」

「前は女性作家が死ぬ話だったろ？　今度は女性作家の夫が死ぬ話にしてみたら？」

彼の提案に彼女は顔をしかめた。

「うわ、それちょっと書きにくいなぁ」

「書け書け。内容的にも対になるじゃん。収まりいいよ」

「うーん……」

「慄《おのの》くな。さあ俺を殺せー」

おどけて両手を広げた彼に思わず吹き出す。――正直なところを言うと、疼いた。

確かに、それを書くのは面白そうだ。

「そうだね、ちょっと面白いかも。やっちゃおうかな」


面白そう。夫が死ぬという話は面白そう。

そんなことを考えていたから――

だから、これはバチが当たったのだ。

だから、あたしは今こんな話を聞いているのだ。

Story Seller

＊

彼女の朝は概《おおむ》ね遅い。

作家には夜型が多いというが彼女も漏れなくその一人で、明け方に眠りにつき昼が過ぎてから起き出す。

会社員の夫は、いつも彼女を起こさないようにそっと起き出して、自分で朝食を作って食べ、そっと支度をしてそっと出ていく。

彼女が出かける夫に気がつくことは滅多にない。たまにゴミの日の朝、部屋のゴミをまとめている気配を夢うつつに感じることがあるくらいだ。

どうしてこれほど動く気配を消せるのか、と感心することがある。

「実は先祖が忍者だったとか、そういうことはない？」

そう訊いたとき、夫はにやりと笑って答えた。

「愛だよ、愛」

明け方まで働いて熟睡している彼女を起こしたくない、という濃《こま》やかな気遣いを、その一言でおどけて片付ける。そうした懐の深さに結婚してからずっと救われている。

結婚した当初は生活を昼型にしようと努力した。だが、昼間はどうにも筆が乗らない。生産量はガタ落ちした。

書けてるよ、と言い張り続けて一ヶ月。

「そろそろ諦めたら？」

　夫の口ぶりは最初から彼女の嘘を知っていた。

「どんだけ付き合ってから結婚したと思ってんの。あれだけずっぽり夜型だった君が今さら昼型に切り替えられるわけないじゃん」

「夜型に戻しなよ。別に誰が困るわけじゃなし」

「ていうかさ、君、書けなくなると機嫌悪くなるんだよね。会社で一日働いて帰ってきたら家で迎えてくれるのがご機嫌斜めの奥さんなんて、俺かわいそう」

「奥さんには機嫌よく暮らしててほしいなぁ」

　次々畳みかけられた。

　彼女には彼女なりの、生活を昼型にしようとした理由があった。

　夫は会社員で、自分は自宅の自営業だ。だったら生活スタイルは時間の自由が利く自分が夫に合わせるべきだ。そう思った。

だが、夫はその理屈を一蹴《いっしゅう》した。

「だからって何で君が俺に合わせる必要があるの？　君も仕事してるじゃん。しかも稼ぎは俺と同等かそれ以上。君は自分が働きやすい環境を要求する権利があるよ。ていうか、俺は人生設計において当面の君の稼ぎも計算に入れてるので、ちゃんと能率上がる環境を維持してくれないと困ります」

「でも、子供ができたりしたときに昼型にしとかないと困るし……」

　彼女は食い下がったが、これもすかさず切り返された。

「子供ができたら夜泣きだ何だで生活ガッタガタになるよ。それにそのときは産休取るでしょ。育児中に生活も昼型に適応していけばいいんじゃない？　困ったときのおばあちゃん頼みって手もあるし、うちは共稼ぎだからお金で解決できることもあるよね。ベビーシッターを雇うとか、ハウスキーパーを頼むとか。むしろ、そういう選択ができるように稼げるときに稼いでおくべきじゃない？　そんで、稼ぐんだったら正に身軽な今でしょ。君、自分のペースで書いたら生産力高いんだしさ。ちゃんと仕事もあるんだから」

軽やかに理屈を詰められて、結局彼女は夜型の生活に戻った。

せめて朝は送りだそうと思ったがそれも叶わなかった。何故なら目覚まし時計が鳴るかどうかというタイミングで目を覚ます寝起きのいい夫が、アラームを止めてしまうからだ。

夫の出勤時間はちょうど彼女が熟睡する頃で、目覚ましを止められては起きられない。

「何で止めるのー！」

抗議すると夫はぬけぬけと言い放った。

「妻を愛しているからです。夫は妻の安眠を守るのです」

わざとらしいほどの「いい笑顔」を向けられると、吹き出してしまってそれ以上話にならない。

そんな感じで夫にはずっと甘やかされた。家事も半分は剝《は》ぎ取られた。

「洗濯はしてよ、さすがに洗濯機は昼間じゃないと回せないし、雨降ったりしても取り込めないから。その代わり飯は俺が作るよ。君、夕方くらいから筆が乗ってくるだろ。晩飯作るとリズム止まるし。俺、料理好きだし帰ってきてから作るの苦にならないし。掃除はまあ、気が向いたらしといてくれてもいいけど、休みの日に二人でやればいい」

そんなルールで回っている生活パターンがばれて、実家の母に怒られた。

そこまで甘えちゃ駄目でしょ、あんたは居職《いじょく》なんだから。家事くらいあんたがやりなさい。

実にもっともである。だが、人間の性として状況が甘えさせてくれるとそれに抗《あらが》うのは難しい。

実際、執筆のリズムが乗りはじめると、それを中断して夕飯を作ることが億劫《おっくう》になる。

買い物くらいはしておこうと思うものの、夫に言わせると食事を作る者が買い物をしなければ食材の把握ができない、ということになる。

「昼間のうちに買い物メモとかメールしてくれたら買っとくよ」

そう主張してみたが、夫はそれも却下だ。

「それじゃ安売りのチェックができない。俺が帰る頃って閉店間際で値下げも始まる時間帯だし、売り場見ながら献立考えるほうが経済的なんだよね。俺、買い物嫌いじゃないし」

「でも、それちょっと甘やかされすぎ……」

後ろめたく呟《つぶや》くと、夫はいつものようににやりと笑った。

「俺は君を甘やかすのが好きなの。君を甘やかすのが俺の人生の目標と言っても過言じゃないね。どうだ、嬉しいか」

そして顔をムチャクチャに潰《つぶ》される。こういうときは、本当は夫も照れている。

炊事をしている夫の背中に「いつもありがとね」と何の気なく声をかけると、いきなり両手をバタバタさせてアピールしはじめる。

「俺はえらい、俺はえらい！　俺を誉《ほ》めろ、俺を誉めろ！」

たまにバカみたいだ。

「うん、えらい。いつも感謝してます。あたしが書けるのはあなたがいてこそです」

吹き出しそうになるのをこらえ真面目くさって賞賛すると、それで満足して鼻歌混じりに作業に戻る。

バカみたいだが、ありがたくてかわいい。

おどけて「誉め」を要求しながら、彼女の引け目を軽くしてくれていることくらいはちゃんと分かっている。

＊

夫がまだ人称代名詞の彼だった頃、彼は同じ会社の渉外部でいい動きを見せている若手だった。彼女は主に一般事務担当、だが同じフロアだったので顔は見知っていた。

感情が表に出にくいタイプらしく、あまり表情が豊かではなかった。

将来有望株として女子のチェックは入っていたが、積極的に狙いに行く者がいなかったのは、「無愛想」「冷たそう」という第一印象による。本人も合コンや呑み会にはあまり顔を見せないタイプで、歓送迎会や忘年会くらいしか出席しない。

だが、不思議と孤立した様子はない。社内事情は噂話まで含めて常に把握している感がある。彼の動きに意外な部署が連動したり、人脈が隅々に張り巡らせてある気配が感じられた。

果敢に彼を狙いに行った女子によると、「手強い」。

「何かねー、話しかけてみると案外フレンドリーなんだけど、どっか壁があるのよね。ここから先は入ってくんな、って無言のバリアがある感じなの。多分、あのバリアを突破できたら恋人のポジション狙えるチャンスがあるんだろうけど」

いやー、難しいわ。恋愛巧者なその女子は首を振った。

彼女も何度か彼と話したことはあるが、確かに独特の壁があった。バリアとは言い得て妙だ。

見かけほど素っ気なくはない、むしろ思いのほか朗らかで親しみを感じさせる。話題が豊富で話も巧い。

だが、踏み込もうとするとサッとバックステップを踏まれる。

話しているときどれほど盛り上がっても、オフィスではそれがゼロ値に戻る。仲良くなったと思って目で挨拶すると儀礼的な会釈《えしゃく》でかわされる。

思い切ってお茶や食事に誘っても「残念だけど今日は」と笑顔で鉄壁ガードだ。残念じゃない今日を引き当てた女子はいない。

そうかと思えば廊下で掃除のおばさんと話し込んでいたりする。掃除のおばさんが手を振ると笑って応える。

同期の男の話では、男性側でもやはり壁はあるらしい。

「話がシモに走るとシャッター降りるね。エロネタとかあんまり好きじゃないみたい。基本的にあんまり余計な話しないよ」

その余計な話をしないところが男側では却って好感触らしい。口が堅い、信頼できる、ということで彼にはあれこれ悩みを打ち明けたり相談を持ちかける男性社員は、同僚から上司まで多いようだ。

「そんでまた、ちょっと気遣うのが得意なんだよな。俺も嫁さんと喧嘩して機嫌悪いとき『調子悪そうですね、大丈夫ですか?』とか訊かれたことあってさ。巧いよなぁ。不機嫌丸出しのときに労《いたわ》られると効くぞー。ぽろっとあれこれ喋《しゃべ》っちゃうもんな。そのくせ余計なことにはくちばし突っ込んでこないから、間合い心得てるよな」

男同士なら発揮されるそうした濃やかさが女子相手に封じられているのは、恐らく社外に恋人がいるのだろう——ということになった。

そのころ、会社には内緒で作家活動をしていた彼女にとって、彼は興味深い観察対象だった。好奇心が強いのは作家の性だ。

あんなふうにまんべんなく周囲と距離を取っている人が「バリア」の中に入《い》れる人ってどんな人だろう。男友達なら。恋人なら。常に対外用に整っているあの顔は「バリア」の中ではどんな表情を見せるのだろう。

新しいキャラクターに使えないかな。そんな下心も含め、秘かな観察は続いていた。

運命はあまりロマンのないところに転がっている。

給水タンクや各種設備の室外機置き場でしかない、鳥のフンが辺り一面こびりついた屋上に。どこかに野鳥が巣でも作っているのか丸裸の雛がミイラよろしく干し上がっていることもあるし、カラスが持ち込んだらしい残飯やガラクタが転がっていることもある。間違っても好きこのんで出入りしたい場所ではない。

この屋上に用がある者には共通点がある。携帯電話だ。ある電話会社の電波が社内では繋《つな》がりにくく、電波状態がよろしくないときはアンテナが立つスポットを探してジプシーになるのだが、この屋上が確実に電波が入るスポットの一つだ。屋内にもいくつかそういうスポットがあるが、プライベートな用件を話すには場所が悪く、私用電話の場合は屋上へ逃げることになる。

彼女も携帯ジプシーの一人で、その日も結局屋上に行き着いた。

昼休みに屋上へ出る薄暗い階段を上っていると、下りてくる人影があった。顔を見るより先に小脇に抱えている物に目が行った。潰した段ボールである。

何でこんなもの持って上がってるんだろう？　怪訝《けげん》に思ってから相手の顔を見ると、彼だった。

「うわ、ごめん見ないで」

彼は目元を隠すように手を挙げたが、気づいてしまった。目が洗ったように濡れている。

——ええと。

何か声をかけたものか、かけないものか。用事は屋上だが、このまますれ違ったものか戻ったものか。

彼女が固まっていると、彼が気まずい様子で頭を掻《か》いた。

「……気になるよね、やっぱり」

「うん、ごめん」

気にならない、と言ったら嘘だ。

彼が一瞬視線をさまよわせた。ピンと来る。——今、ソロバン弾《はじ》いた。

「別に誰にも言わないから、説明しなくていいよ」

彼女がそう言うと彼はぎょっとしたような顔になった。案の定、彼女が女子同士でこのことを憶測するのではないかと心配したらしい。憶測で妙な噂が流れるくらいなら自分から事情を説明しようと——そういうことを瞬時に計算した表情だった。単なる気まずさの言い訳を始める気配ではなかった。

そして、そういうソロバンを弾かれたのは不本意だった。

あたしが泣いていた人のことを面白おかしく噂するタイプだとでも？　いくら親しくないとはいっても失礼だ。

「人のいないところでガス抜くくらい誰でもあるでしょ。どっちかっていうと、その段ボールのほうが謎だから気になるかな」

「ああ、これは……単に敷物代わり。屋上、座るとこないし、床も汚いから」

「あ、なるほどね」

謎はひとつ解けたが、今度は敷物を用意するほど長っ尻の構えで屋上に出ていたことに興味をそそられる。

だが、これ以上は美意識に反するので好奇心に蓋《ふた》をする。

そのまますれ違おうとすると、

「あの」

彼のほうが呼び止めた。彼女は階段を上りかけたところで、見上げていた高さは等しくなっている。

「気を悪くしてたらごめん。女子ってお喋りとか好きそうな感じがしてて、つい」

不本意な気分を表に出したつもりはなかった。聡《さと》い男だとは思っていたが、やはり聡い。

「別に怒ってないよ。ちょっと不本意で残念だったけど、それだけ」

「ちょっと待って、やっぱ話す」

「いいよ、別に」

「でも、噂しなくても気にはなるだろ。理由とか考えるだろ」

それはまあ、確かに。想像を楽しむネタを拾えた、とは思っている。

「事実と違うこと想像されると俺が落ち着かないから話す。っていうのは駄目?」

今度はソロバンを弾いた気配はなかった。そしてその理由は筋が通っていた。こういうことが気になるタイプか、と意外な発見は面白かった。

だが、その余裕はすかさず逆転された。

「理由、これ」

彼は段ボールの下に重ねて持っていた物を出した。一冊の本だった。その装丁は――誰よりも誰よりも誰よりも知っている。

「俺、通勤電車で本読むのが習慣で。通勤の行き帰りだけで、会社では読まないって決めてるんだけど、今日はどうしても続きが気になって。我慢できなくて、昼休みに読んじゃおうと思って屋上に上がったんだ。屋内だと何だかんだで邪魔入るから。そんで読んだら泣きのツボ直撃」

挙動不審にならないためには無言でいるしかなかった。

「俺、この人の本だと結構あるんだ、そういうこと。泣きとか笑いとかツボ色々だけど。電車で吹き出したことあるから、通勤では読まないようにしてたんだけど、ゆうべ読み終わらなくて。朝、すっごいいいとこまで読んじゃって、もう帰りまで我慢できなくてさ」

ていうかさ、と彼は顔をしかめた。

「ずるいんだよな、この人。俺、この人がデビューした頃からずっと好きで読んでたから、もう大体のパターンは読めるんだよ。ここでこう来るな、とか。でも、そのパターン踏んでちょっとだけ外したりすんの。よしこらえた！　って思ったとこに不意打ちが来るからたまんないよな」

卑怯だよ、卑怯。――そのぼやきは、最大の誉め言葉だ。

「そんなわけで、大の男がひっそり屋上で泣いてたのはこの人のせいです」

「ごめん」

うっかりそう口走ったのは、――舞い上がっていた。

「それ書いたの、あたし」

だって、仕方なくない？　友達や家族以外の、完全な第三者で自分の本を読んでくれてる人の感想を生で聞けるなんて、滅多にないんだもの。相手がその作者だって知ってたら大人の礼儀として社交辞令で話すじゃない。たとえ好きじゃなくても書いた本人目の前にして「あなたの本は嫌いです」なんて言う人いないもの。だから、こんなふうにあたしが作者だって知らない人から「ずるいよ」「卑怯だよ」なんて直接聞けること、本来ならあり得ないんだもの。

舞い上がったって仕方なくない？

「…………え、」

彼はしばらく言葉をなくしていたが、さすがに状況の把握は早かった。

「嘘！　マジ⁉」

彼の腕から段ボールが滑って落ちた。階段を斜めに走り、踊り場でスライディングして止まる。

「え、騙《だま》してない⁉」

「こんなことで嘘ついてあたしに何の得が……あ、そうか。あたしがあなたのこと好きだったら付け入る理由になるね」

「うわっ、物言いがめちゃくちゃ本人っぽい！」

「『っぽい』って、一体どういう『っぽい』なの」

「ロマンチストなくせに理屈っぽい！」

うわ、読まれてる。この人は本当に読んでる。それは自分でも強みか弱みか分からない傾向として自覚している部分だった。彼はそれを「本人っぽい」と断言した。

急に恥ずかしくなった。まるで予期せず裸に剝《む》かれたような。——待って待って、今日は都合が。ババシャツ着てるし下着もいい加減だし肩にピップエレキバンとか貼っちゃってるし。それに最近ちょっと太ったし。プリーズ執行猶予一ヶ月。いやせめて二週間。

火照った顔を隠そうと俯《うつむ》くが、テンションが上がったらしい彼は距離を詰めた。

「ホントに本人⁉」

「ここで証明しろって言われてもできないけど……出版社からの通知の類なら家にあるよ。宛名くらいなら見せられるから、今度持ってこようか？」

するとと彼は首を横に振った。

「それ持ってこられるって言える時点で本人証明と一緒だから。そこハッタリかましてまで俺を騙すメリットが君にあるとも思えない」

そっちも大概理屈っぽいと思うけど、とは言わずに済ます。

「うわー、どうしよう！　こんなところに本人いるなんて思わなかった！　あのさ、何年か前に『活字の森』で書いてた読み切りって本にならないの？　あれってどこにも収録されてないから、雑誌捨てるに捨てられなくて困ってるんだけど。もうボロボロになっちゃってて」

うわ、マニアだ。彼が挙げた雑誌はもう存在していない。

「もしかして潰れちゃったから版権とかで揉めてるの？」

「そんなことは全然ないよ、版権って最悪引き揚げられるし。ただ……」

そのとき携帯の着信メロディが流れた。何の脈絡もなくゴジラのテーマ。彼女の設定ではない。

彼がうわっと顔をしかめて自分の携帯を取り出した。

「揉めてる客先のメールこれに設定してて。いつもはマナーモードにしてるんだけど」

弁解めいた説明に思わず吹き出す。

「非常事態って感じだね、確かに」

いつもしれっとした顔をしているくせに、実は携帯をこんなおどけた設定にしているだなんて思いも寄らない。

ギャップ萌えってやっぱり強いな、などとキャラクター論をなぞらえてみる。

彼は浮かない顔でメールを閲覧し、溜息をついた。

「ちょっと行かなきゃ」

そして携帯を閉じて彼女に向き直る。

「あのさ、もしよかったらもっと話とかしたいんだけど……食事とか誘ってオッケー？」

えーと、もしかしてこれ。

あたし、バリアの中に入ったか。

チャンスかこれは。ていうか——

チャンスに換算する時点で、あたし結構この人のこと気になってるか。

浮上した可能性に自分自身で動揺した。

待って！　確かに読めないキャラだから興味深く観察してたけど！　別にそういう方向性ではなかったはずで！

バリアの中に入った途端そういうチャンス窺うのって、意地汚くない？

「……だめ？　本の話とか聞きたかったんだけど迷惑かな」

ああ、何だ。拍子抜けして、それから身が縮んだ。――バカ、自意識過剰。単に読者として興味があるだけなのに、何を調子に乗ってんのよあんたは。

「別に、迷惑ってことは……」

「ホント？　額面どおり受け取るよ」

「はい、どうぞ」

「じゃあ、携帯番号の交換してもらっていい？」

心の中で勝手に勇み足を踏んだ分だけ立ち回りが受け身になった。言われるままに携帯番号やアドレスを交換する。

彼のアドレスを見て心臓がおかしな具合に跳ねた。

story-seller-XXXX
末尾に入っている数字は誕生日か好きな数列か。そのワードは、彼がさっき話した読み切りのタイトルだ。――本当に昨日今日のことではなくて、版権云々を訊いてきたのも単なる興味本位ではなくて、
少なくともこれを書いた頃からの熱心な、

「まさか本人にこのアドレス教えることになるとは思わなかった」

彼がはにかんだように笑った。そんな顔はオフィスで見たことがない。しかも――

あたしの書いた小説のことでそんな顔。

と、もう一度ゴジラのテーマがワンフレーズ流れた。

「うわ、まずい。ごめん、それじゃ」

彼が慌しく携帯を操作しながら階段を降りた。数歩降りてから「あ、そうだ」と振り仰ぐ。

「次の新刊っていつ？」

「……それはまだ、さすがに」

「そういえばそうだよな。ごめん、つい」

ばつが悪そうに頭を掻いて、彼は階段を駆け下りていった。

彼が抱えていた本は、先週出たばかりの最新刊だった。


その後、少し不安になってメールを書いた。story-seller で始まるそのアドレスに。

『ごめん、さっきのことは会社では内緒にしてもらえる？』

数分後に即レス。

『分かってるって。好きな作家に迷惑かけるようなことはしないよ』

末尾にコミカルな顔文字がついていた。プライベートでは意外とくだけたキャラか。

ギャップ萌えを次から次へと繰り出されて、挙句さらりと自分のことを好きな作家と言われる。

これは別にあたしがちょろいってことじゃないと思う。ていうか。

自分の書いたもの、思いも寄らないところから好きって言われて、くらりと来ない作家なんてこの世にいるの？

また数分後に、今度は彼からメールが入った。

『ごめん、ちょっと心配になってきた。さっき誘ったの、ホントに迷惑じゃなかった？　同僚ってことを盾に取ったような気がする。別に断ってくれても言いふらしたりしないから』

畜生——ここで引くところが巧い！　敵は渉外担当有望若手、乗せられているのかもしれないが、しかし。

『いいえ。嬉しかったです』

仕方ないじゃない、こう返したいんだから！

『よかった。じゃあ折りを見て誘います』

そのメールにはまた顔文字が復活していた。


オフィスの中で、彼の態度は今までと変わらなかった。

ちょっとしたことで、何てことのないメールはよく飛んでくる。

『役所の隣の公園でラジコンが走ってた、速い！　超ウマイ！』

『今日は暑いです。コートが邪魔。でも影がマントのようで愉快』

『駅前の橋を渡っています。鯉が今日もよく群れています。多すぎてちょっと気持ち悪い』

いつも呟き程度の一言で、メールを受けてスケジュールボードを見ると彼の欄は外出になっている。彼が外出しない日は滅多にないので、ほとんど毎日メールを受けていることになる。

内勤の彼女にとって、彼から入るそんなメールはちょっとした気分転換になった。

だが、そんなやり取りをしているからといってうっかり目で挨拶したりすると、相変わらずの儀礼的な会釈だ。

屋上の一件があって以来、二人きりになるタイミングがなかったのでメールの彼とオフィスの彼はイメージが重ならない。実はあれは白昼夢ではなかろうか、と疑うが、その度にアドレスのstory-sellerで現実だったと思い返す。

打ち解けたきっかけの日から二週間ほど経った頃、『呑みに行きませんか』というタイトルでメールが来た。

『明日、午後六時。××駅東口はどうでしょう』

正直、首を傾げた。明日、というのは土曜日で会社は休みだ。そして指定の駅は会社の最寄駅。何故わざわざ休みの日に会社の最寄駅で待ち合わせか。

だが、敢《あ》えて反対する理由もないのでＯＫの返事を出す。そのメールをやり取りした日も彼は淡々とした平常営業の彼だった。


男が絶対的に得をしている、と思うポイントが日常に二つある。

冠婚葬祭と会社勤めだ。冠婚葬祭はオールラウンド礼服で済むし、会社もスーツを着ていれば取り敢えず格好がつく。女は内勤で制服があっても通勤は私服にならざるを得ない。

勤め先は社員旅行を廃止して久しい会社なので、同僚男性の私服姿を見る機会は滅多にない。どういう傾向の人だろう、と少し楽しみにしている自分に気づく。

五分前を目処《めど》に待ち合わせ場所に着き、周囲を見回す。と、鞄《かばん》の中で携帯が震えた。

「はい、もしもし」

「よっ」

声は真後ろから聞こえた。

「キャア⁉」

悲鳴を上げて振り向くと、携帯を構えた彼がにんまり笑って立っている。

「ナイスリアクション」

上げようとした抗議の声は、そのいたずらっぽい表情に苦笑で消えた。

「意外と子供っぽいことするね？」

「オフですから」

「待たせた？」

「十分くらい」

「普通、待ってないって言うもんよ」

「正直なんだ」

ああ言えばこう言うやり取りは、オフィスでの様子と落差が激しい。

そして見た目も。

「私服だと若く見えるね」

「仕事中は若く見られると損だからね。意識して老けづくりしてるよ」

「育ちのいい学生さんみたい」

そう言うと、彼は渋い顔をした。

「ホントはもう少しちゃらいカッコとかしてみたいんだけど。顔のせいかなぁ、小綺麗なカッコしか似合わなくて」

こらえる間もなく吹き出した。

「小綺麗なカッコが似合うって自慢？」

「いえいえ、悩みですよ」

すまして答える様子がまたおかしい。

「魚とか平気な人？」

「うん、好き」

「じゃあよかった、東口からすぐのとこに魚がおいしい小料理屋があってさ。接待でよく使うんだけど」

先に改札を出た彼を追いかけながら尋ねる。

「ねえ、会社の近くでよかったの？」

同僚の目を心配した彼女の発言に、彼はまたいたずらっぽく笑った。

「知ってた？　休みの日にわざわざ会社に近寄りたがる人も、休日出勤の帰りに呑もうって人もそんなにいないって」

言われてみれば道理である。

「それに、オフィス街の店って休日は却って空いてんだよね。完全に会社員を当て込んでるから、日祝休みってとこもあるくらい。今から行く店も平日なら予約しとかないと入れないんだけど、休日なら余裕」

「へえー」

休日のオフィス街の様相など考えたこともなかった。

目配りの利く人だな、と思った。目配りのいい男は嫌いじゃない。

接待で使うというだけあって、感じのいい店だった。

「気張りすぎない程度でちょっと小足払い使いたいときとか、便利な店なんだよね。個室取れば手頃なコースもあるしさ」

今日は小足払いを使いたかったのかしら、などと言葉の裏を読みたくなるのは副業の職業病だ。おしぼりで手を拭いながら取り敢えずの生中。そして彼がメニューのお勧めどころをいくつか注文してくれた。

「そんで、料理が来る前にさ」

彼は帆布《ほぬの》のリュックから書店の紙カバーをかけた単行本とサインペンを出した。

「サインして、サイン」

予想だにしなかったリクエストに挙動不審になった。

「え、そんなのしたことないよ」

そんなものを書かせていただけるほど売れていない。

「マジ⁉　やった、俺第一号！　シリアルナンバーとか入る？」

ナチュラルに押しが強い。書いたことがないからと許してもらえる方向には流れなかった。

本は彼女の最初の単行本だった。シリアルナンバーは勘弁してもらって、日付を入れるところで折り合う。

縦書きか横書きか、どのページに書くか。悩みどころはそこからだ。

煮え切らずにペンのキャップを開けたり閉めたりしていると、

「ペン先乾くよ」

「待ってったら！　急に書かされるなんて思ってなかったんだから！」

本を表からめくったり裏からめくったりしているうちに、ふと奥付に目が行った。

初版だった。

「これ、初版少なかったのに」

「そうなの？　俺が買った本屋、けっこう積んであったけど」

じゃあ、気に入って押してくれた店員さんがいたんだなぁ。ありがたさに思わず空を拝む。

「ちなみに君の本は全部初版で持ってます」

それもありがたい。だが。

「重版からのほうが誤植減ってるのに」

「え、誤植どこ？」

「やだ、教えない」

「ていうか、そんなに誤植ってあるの？」

「あれはね、観測したら増えるの！　観測したら必ず発生するの！　自分と担当さんと校閲さんと、三人がかりで二回も三回もチェックするのに、本ができたら必ず生き残りがいるの！」

恨み骨髄の断言に、彼が吹き出した。

「そういうもんなんだ？」

「そういうもんなの」

「でも、あんまり気になったことないよ。多分、文章のリズムに乗せられて多少の引っかかりは脳内で補正されてるんじゃないかな。君の文章、追いかけてて気持ちいいんだよな。だから途中で止まらなくなるんだけど」

作家殺すにゃ刃物は要らぬ、甘い言葉があればいい。——くそぅ巧いなぁこの男は！

「ほら、さっさと書かないとビール来ちゃうよ」

ええい、と踏ん切ってペンのキャップを開ける。縦書きは慣れていないので横書きにした。

「……あんまり見ないで、緊張するからっ！」

「……なぁ、それ持ち物に自分の名前書いてるみたいでちょっとウケるよ」

「だから書いたことないって言ったのに！」

手が震えて線がよれたサインの下に日付を入れて突っ返す。日付は単なる数列なので震えずに済んだ。

彼がしげしげとサインを見て笑う。

「何ていうか、初々しくていいね。この、署名欄に書き入れたみたいな緊張した風情とかね」

「早くしまってよ」

「俺が第一号っていうのが何よりいい」

何回殺す気だ。まだビールが来ていないので上気した頬を酒のせいにできない。

おしぼりを折ったり畳んだりの手遊びでごまかしていると、彼が話題の目先を変えてくれた。

「誤植ってどんなのがあるの？」

「それはもう、単なる誤変換からすっごいのまで」

「すっごいのってどんな?」

「『彼が「そうだね」と彼は言った』みたいな文章になったことがある」

発見したときのダメージときたら。彼も呆気に取られた顔になった。

「原稿書くのがパソコンでしょ。簡単に切ったり貼ったりできる分、継ぎ接ぎのときの操作ミスですごいのが産み落とされることがあるんだよね」

そのタイミングでビールが来たので乾杯し、その勢いで一気に呷《あお》っておく。

「こういうのがね、最低でも三人体制×二回のチェックをかいくぐって生き残るのよ。ちょっと信じられないでしょ? あたし、筆が速いからチェックの時間はけっこうあるのに」

「気がつかなかったなぁ……ちなみにどの本?」

「絶っ……対に教えない!」

嚙《か》みついて封じてからぼやく。

「でも、さすがにそれは校閲レベルで見つけてほしいと思わない? ミス拾うのが仕事だよ? 狐の肉球も肉球と呼ぶのですか? なんてトンチキな指摘する前にこういうの拾ってよ」

「へえー、あの話ってそんな指摘入ってたんだ。そりゃ笑える」

トンチキな指摘のほうはすぐに作品が分かったらしい。

「でも、それってさ。校閲さんや担当さんでも見過ごすくらい文章に勢いがあったってことじゃないの?」

——乾杯で呷っておいてよかった。

やがてテーブルに料理が並び、あれこれつつきながら会話を交わす。

彼はかなりの読書好きのようで、彼女の副業についての質問がやはり多かった。

「こないだ最後まで訊けなかったんだけど、訊いていい？」

「どうぞ」

「『ストーリー・セラー』はいつ本になるの？」

載った雑誌がボロボロになったと言っていた。ボロボロになるほど読み返したということだ。

「あれは分量がハンパだからちょっと収録しにくくて……」

「でも君、短編の仕事多いだろ？　短編集とかけっこう出てるのに」

よほど追いかけている作家でないと、読者の立場でこれほど仕事の状況を把握できるものではない。

「短編というより中編並みの分量でしょ、本にすると半分くらいボリューム取っちゃうんだよね。そうすると本として構成がアンバランスだって話になっていつも外される。それと、担当さんがあの話にすごく思い入れてくれてて。あれが映える構成の本にしたいから、そのために同じ分量で内容にも統一感が出るような話を一本書き下ろしてほしいって……要するに、あれが本になるにはもう一本書き下ろしの中編が要るのよ。本にしたくば書けって状態」

「読者として要求する、書け」

口調はおどけていたが、あながち冗談でもなさそうだ。

「でも、あんなマイナーな雑誌、よくチェックしてたね」

「君が書いてたから探したんだよ」

言いつつ彼は「本日のおすすめ」のイサキの煮付けをつついた。

「あんな雑誌が出てること自体それまで知らなかった。今、ネットがあるから情報の取りこぼしが少なくて助かる」

よほど追いかけられている――ということを実感させられる。

本のこと以外でも話が弾んで、その日は終電までハシゴをした。別れ際は彼から「また今度」と締められた。


それでも週が明けるとオフィスでは相変わらずだ。

決して特別な親しみは感じさせない淡々とした態度。

それでいて呟きメールも相変わらず。

『でかい猫を見ました。キジトラです。今日は温かいので呑気《のんき》そう』

『公園をショートカット。鳩の群れを突っ切り中。奴らはよけない』

『電車で隣のおじさん二人が減反政策について熱く語り中。二人ともスーツ、サラリーマン風。仕事は何？　興味津々』

この距離感をどう解釈すればいいのか戸惑う。

ある日、休憩時間を利用して今度の呑み会の連絡を回していた幹事の女子に訊かれた。

「何かあったの？」

言いつつ軽く顎《あご》をしゃくって示した先に、彼がいた。

「何かって？」

思い当たる節がないではないので、ボロが出ないように言葉は最小限になる。

実は些細なメールをやり取りしているとか、休日に呑みに行ったことがあるとか、彼のほうはオープンにするつもりがあるのかないのか謎だ。

「一応声かけたら、あんたが来るかどうか訊かれた。来るって言ったら『それじゃ行こうかな』って。いつもこういうのあっさり断るのに」

待ってよ、ちょっと、どういう振り？　何かパスを回されたことは分かるが、一体何を狙って。そしてどう捌《さば》けばいいのか。

必死で脳をフル回転させ、何とか不自然ではない間合いの尻尾を摑《つか》まえる。

「最近、ちょっと立ち話とか増えたかな。何か、本のことで話が合って」

「へえー。あんた、バリアの中に入るかもね」

幹事の女子は、前に彼のバリアを指摘した女子だった。


十名以上が集まったその呑み会で、彼は素知らぬ顔でメンツの中に混じっていた。移動のときも同僚男性と喋り込み、彼女とは目も合わさない。

何であたしが行くなら行くとか言ったの？　メールで組み立てた質問は、結局送信しないままだった。メールはいつも呟きの交換だけで踏み込むには腰が引けた。携帯では喋りつけていない。かといって、声をかけて訊く隙は彼が作らなかった。

掘りごたつの座敷で場がくだけ、適当に席のシャッフルが始まった頃である。

「隣、いい？」

彼女が頷《うなず》くより先に、彼が隣に座った。

「珍しいな、お前から女子に話しに行くなんて」

先輩の冷やかしに、彼はしれっと答えた。

「こないだから読んでる本のことで話が合ってるんですよ。今日も彼女と喋りたかったから参加したようなもんで」

捌いたパスは取り敢えず正解だったらしい。

「あれ読んだ？」

彼が挙げたタイトルは人気作家の新刊だった。

「ううん、まだ。どうだった？」

「さすがの安定感だね。先入観なしで読んでほしいから内容は言わないけど」

適当に本の話を続けていると、周囲は話題に興味がないのか二人を放置してくれた。

その頃合いに小声で尋ねる。

「結局どういうことだったの」

「その話はまた後で。ちなみにそっちは何て言ったの」

「最近、読んでる本のことでよく話すようになったたって」

「ナイスリアクション」

同じ言葉を聞いたのは十日ほど前である。翻弄《ほんろう》された記憶の蓋が開いて耳が熱くなった。今日はもう酒のせいにできる。

また後で、は一次会がお開きになった後だった。

「帰り、同じ路線だよね？　一緒に帰んない？」

店の外で彼がそう誘って、また冷やかしが入った。同じ路線で互いに一人暮らしをしている、ということは、先日呑んだときに分かっている。同僚の中で声をかけたのはわざとだ。

「一応ね、自分の立ち位置は自覚してるんだよね」

一緒に退けた同僚たちと電車が分かれてから彼は話し出した。

「意識してそういう位置にいるしね」

言っているのは、社内で誰に対しても彼が保っている独特の距離感だろう。

「会社の人間関係って深入りすると面倒だから。人脈の作り方っていろいろあるけど俺の場合は広く浅くのほうが仕事回しやすいんだ。で、周りから便利なことは便利だけど摑めない奴だって思われてるのも知ってる。ぶっちゃけ浮いてる。特に誰かに嫌われてるわけじゃないけど、特に誰かと親しいってこともない。誰の話でも聞くけど、自分の話は誰にもしない。それがフツーで当たり前で、みんな違和感持たない。これってかなり空気だよね」

「別に、みんなそういう言い方はしてないと思うけど」

あんまり自分のことを身も蓋もなく片付けるので思わずフォローを入れたが、それもあっさり片付けられた。

「いいんだよ、便利な奴って便利なうちは重宝してもらえるし。浮いてるほうが当たらず障《さわ》らずで敵作らなくて済むし」

口調がフラットすぎて、まるで他人のことを話しているようだ。

もう少し自分に思い入れしてもいいんじゃない？

「でね、こういう奴が不用意に誰かと距離感崩したら、どうしても周りに違和感持たれちゃうんだよね。特に相手が女性だとね。普通なら『あいつ、今あの子狙いなんだな』って暗黙の了解で流れるとこ、悪気なく好奇心になっちゃうの」

それは確かにそうだ。今日も彼女の隣に座っただけで先輩から「珍しい」と冷やかされた。

「そんで、そうなったら必然的に俺が距離感崩した相手も興味持たれちゃうの。そういうのって、女性はあんまり嬉しくないでしょ」

「……まあ、確かに」

そういうことを好奇心から観察されるのは、あまり気持ちがいいことではない。内心で値踏みされているのと同じだ。――って、ちょっと待て。

その話が成立する前提条件は何だ。

「特に君は特殊な副業持ってるし、変に注目されたくないでしょ。興味を引きずらないためには、一気に周知徹底するのが一番なんだよ。一瞬話題になってすぐ飽きるから」

「話題になるの?」

「俺、二年目以降で参加義務のない呑み会出たのって今日が初めてだし。すっげー驚かれたよ。そんで出た理由が女子に釣られたっていうのは、ちょっと暇つぶしのネタでしょ」

呑み会にあまり顔を出さないとは思っていたが、そこまで徹底していたとは知らなかった。

「今日の男側のメンツ、けっこうお喋りだし。瞬間風速で冷やかされるかもしれないけど、すぐみんな飽きるよ。こっちはこっちで適当に捌くから、そっちも好きなように捌いて」

「捌くけど……何でわざわざ周知徹底とか」

「ごめん、それは俺の勝手な都合。君に声かけても違和感を持たれない環境を作りたかったの」

「……なんか、その理屈だとさ、」

口籠《くちご》もると、しれっと返された。

「環境作ったら取り敢えず迷惑かけないだろ。後はぼちぼち努力します」

努力——するのか。軽く動揺していると、電車が見慣れたホームに滑り込んだ。彼女の最寄駅である。

「……じゃあ、お先に」

降車ドアのほうへ足を踏み出すと、背中に軽い抵抗がかかった。振り向くと、

「後ろ髪引かれた？」

会社では絶対見せないいたずらっぽい笑顔。そして上着の裾をつまんでいた手が離された。

そのまま人の流れに呑まれてホームに降りる。

相変わらず翻弄されていることは認めざるを得ない。


彼が言ったとおり、すぐに周囲は興味をなくした。あの男が珍しく、と一頻り駆け巡った後はぱたりと収まった。

誰にとっても「便利な空気」である彼と、過不足なく平凡な彼女。ちょっといい感じになっているらしい、というネタが最初で割れると長期的なトピックとしては引きが弱い。

あの二人どうなってるんだっけ、とたまに話題に上り、よく知らないけど付き合ってるんじゃないの？　と周囲が自己完結して終わる。そんな環境が勝手にできた。

彼が興味を持たれているのはあくまでその摑めないキャラによるものであって、摑める部分をオープンにしてしまえば納得されるのも早い。

思惑を知っている彼女としては、少し割り切りすぎな彼の立ち回りに舌を巻くばかりだ。

そっちも好きなように捌いて、と言われたので、周囲に何となくそんなふうに納得されたのは自己責任だ。あくまで読書のことで話が合うだけとこちらが捌けば、彼もそれに合わせて捌いただろう。

それなのに事実は中々ついてこなかった。穴場の休日のオフィス街で遊んだり、会社の帰りに食事もするし、それは楽しいから回が重なっているのだが、付き合うかどうかということになると決断する一歩を踏み出せない。

「その微妙な警戒感はどこから来てるの」

彼がそう尋ねたのは、初めて二人で呑んだ魚のおいしい店だ。

「別に警戒してるわけじゃないけど」

「まあ長期戦の構えで行くからいいけどね。でもちょっと攻めあぐねてるからヒントない？」

かつての人生でこれほどもてたことないなぁ、とそれも微妙に腰が引けるポイントだ。

「会ってて楽しいし、付き合ってみたいなぁと思わないこともないんだけどね」

「思わないこともないんなら行っとこうよ」

「でも、行っとこうかなって思うと必ず考えちゃうことがあるのね」

「聞きましょう」

真面目くさった相槌に釣られて、その日ようやくそのつっかかりを吐いた。

「もしあたしがたまたまあなたの好きな作家じゃなかったら、あなたはあたしにこれほど興味を持ったかなって」

彼は虚を衝かれたような顔をした。——ああ、やっぱりか。

それを訊いたら、正気に戻ってしまうような気がした。誰かを好きになる瞬間は正気じゃない、正気じゃないから気の迷いもたくさん生まれる。

そして、その要素は気の迷いを発生させるには充分すぎる威力を持っているように思われた。

そうか。今まで踏み込めなかったのは、——あたしは彼に正気に戻られることが恐かったのだ。

言わなきゃよかったかな、と後悔がちらりとかすめる。

彼はしばらく黙っていたが、やがて口を開いた。

「それは、君の付帯条件じゃないの？」

「……え？　付帯？」

「そう。君が作家であるってことは君の付帯条件」

予想外の展開に首を傾げる。——一体何を言い出した、この男は。

「俺の付帯条件は君の読者であるってことだよ。付帯条件を取っ払ったら何も発生してなかったかもしれないっていうのは、お互いに言えることだよね」

「ええと……どういうこと？」

「おんなじ命題をこっちからも返せるってこと。たまたま俺が君の読者でなかったら、君は俺に興味を持ってた？」

思わぬ側面攻撃にしどろもどろになる。

「興味がないことはなかったよ、どういうキャラだろうって不思議だったし」

「でもそれ、異性として気になるってことじゃないでしょ。仮にちょっと気になってたとしても、決定的になったのは屋上の一件だよね」

明らかに泣いた目元と、その後に見せられた自分の本。

「あのとき、俺が読んでたのが違う作家の本だったらどうだった？」

率直に斬り込まれて怯《ひる》んだ。――それは。

ああ、その作家さん好きなんだ。

多分、そこで完全に異性としては興味をなくしていた。何故なら――あたしが作家だからだ。

あの日、あの屋上で、見せられたのが自分の本でなかったら。彼の目元を濡らすほどに感情を揺さぶったのが、自分ではなく他の誰かだったら。

あたしはきっと、自動的に彼を弾いていた。舞い上がって自分から副業を明かすようなこともしなかった。

他人の物語で泣いた男に、自分も作家だと打ち明けるなんて物欲しげな真似ができるものか。

あのとき見せられたのが自分の本でなかったら、他の誰に打ち明けても彼にだけは自分が作家だと打ち明けはしなかった。

「だから、君と俺の付帯条件は等価だよ。そこ今さら考えても意味なくない？　ていうかさ」

彼は更に斬り込んだ。

「君が恋愛対象に選ぶ男って二種類しかないよね。読書にまったく興味がないか、君という作家が別格で好きか。そんで、多分君は、」

何を言われるのか先に分かった。

「小説ごと君を肯定してくれる人じゃないと、恋愛や結婚の相手としては物足りないんじゃないかな」

ああ、そうとも。悪いか。

自分の好きな男が読書を好きだとしたら、その男の一番好きな作家が自分じゃないなんてことが我慢できるものか。

だとすれば——あの日あのときあの屋上は運命か。

「……あなたは、あたしのこと、」

「俺は君に会う前から君が別格だったよ」

でも、と彼はそこで逆接を使った。

「今、君から何か聞こうとは思わない。酔っ払いから何か聞きたいわけじゃない」

そうか、では。

あたしが訊こう。

「あたしが書けなくなったら、あなたどうする？」

「それまで書いた君の話が別格だってことは変わらない。俺が好きな話を書いてた君の脳味噌に興味がなくなるわけじゃない」

作家殺しを職業にしたらいいよ、と呟いたような気がする。

その後ほどなくして、周囲の認識に事実が追い着いた。

＊

五年ほど付き合って三十路に乗った。その間に大きな決断を二つした。

一つは彼女が専業になったことだ。

選択できるタイミングが来たときに選択できたのは、彼の存在が大きい。

「会社に残ってたって、女子は総合職でもない限り居づらい環境になってくだけだよ。特殊技能でもあれば別だけど、君は別段そういうの取得してないでしょ。現状、作家としての君は一定の評価をされてて安定してるけど、会社員としての君はいつでも替えが利くコマだ。会社に残るとしたらそれなりに器用な立ち回りが必要だね」

自分の彼女のことをよくそこまでこてんぱんに言えるなぁ、と呆気に取られた。

「だって俺が相談に乗るったって、出版業界側のことは分かんないし。そしたら客観的な事実を述べるしかないでしょ。労力を会社での生き残りに割くか、作家活動に割くかは君の判断」

見事にぶった斬られて、却って決心がついた。

彼と違って、会社に「便利」な人材になる努力をしたことはない。給料分の仕事はしていると思うが、それ以上でも以下でもない。一般職で定年まで残っている女性社員はほとんどいないし、自分がその特殊例になれるとも思わない。

それなら手応えが摑めているときに本腰を据えたほうがいい。作家収入は安定していた。堅実に暮らせば自分一人は養える。

彼女の退職は、当初は彼との結婚準備のためと思われていたそうだ。

「俺、今すごいかわいそうな腫《は》れ物扱いになってるよ。どうやら破局したらしいって」

彼は面白そうにそう語った。自分から誤解を解いて歩く気はなさそうだ。

彼女のほうはといえば、シャカリキに働いていた。好きなだけ書ける、という環境はデビューして以来初めてで、リミッターが外れたようになっていた。

「おーい、生きてる？」

休日は彼が訪ねてくることが主になった。遊びに来るというより救難に近い。彼がやってくる昼過ぎに起きていた例《ため》しはない。

「辞めた途端に夜型になったよなぁ。勤めてた頃も夜に書いてたの？」

「昼間働いてたら夜しか書く時間ないじゃない。休日はあなたと会うしさ。でもまぁ、夜のほうが筆が乗るのは確かだわ」

「今週は忙しかったみたいだね」

判断基準は部屋の荒れ具合だ。立て込むと身の回りが疎《おろそ》かになる。

彼は来るなりいつも掃除を始めるので、部屋の主としては一緒に動かないわけにはいかない。そのおかげで部屋の状態が社会不適格者の一歩手前で踏みとどまっている。

「ごめんね、いつも」

「気にしなくていいよ。君に健康で文化的な最低限度の生活を送らせることが俺の義務だと最近悟った。でも……」

ゴミをまとめながら彼が顔をしかめる。

「食事はもうちょっと何とかしろよ。一番近くのコンビニで全てを賄《まかな》ったのがモロバレのゴミの編成はどうかと思う」

食事のことだけはいつも説教のネタだ。

「たまにはこの部屋で、コンビニじゃなくてスーパーのレジ袋を発見したいね」

くどくどこぼしつつ、救難活動は食事作りに移行する。神経質ではないが彼の生活はそこそこまめで、家事は一通りこなしてしまう。正直言って、料理の腕は本気を出しても彼女のほうが少し負けている。一手間を惜しむか惜しまないかの差らしい。

「めんどくさくない？」

「いや？　理科の実験みたいで面白いよ。調味料の比率とか食材の熱伝導効率とか作業の最適化とか」

「フツーそんなの考えないし」

帰るときはいつも食生活を改めるように念を押される。そのとき頷くのは誓って嘘ではない。改めなくてはと常々思っている。実行が伴わないだけだ。

やがて言っても無駄だと思ったのか、彼は会社の帰りにふらりと立ち寄るようになった。彼女の部屋で二人分の食事を作り、一緒に食べて帰っていく。

「すごく手のかかる動物の飼育員のようだね、俺は」

そのコメントには一言もなかった。拝むばかりである。

そんな付き合いを三年続けて、二つ目の大きな決断をした。

「もういいかげん非効率だから結婚しない？」

気負いのなさすぎるその提案でそういうことになった。お互いのスケジュールの都合上、式は割愛。

「会社で結婚の報告したら驚かれたよー。別れたんじゃなかったの？　って」

また面白そうに語った彼は、やはり会社で経緯《いきさつ》を説明する気はないようだ。

＊

夫になった彼に甘やかされるばかりの結婚生活も何年目だろうか。

パソコンに向かっていた夜更け、仕事部屋に入ってきた夫に軽く肩を叩かれた。

そっと何か置かれた感触に肩先を見ると、個別包装のクッキーが載っている。

「季節限定品が出てた。味見しない？」

背中のテーブルを振り返ると湯気の立つマグカップが二つ。それを機に一息入れることにする。

ちょうど疲れて集中力がなくなってきた頃合いだ。

夫がテレビを点けると観たかった番組がちょうど始まるところだった。観たい観たいと騒いだ割に、自分は完全に忘れていた。

至れり尽くせりにもほどがある。

「……甘やかしすぎだよ、ちょっと」

「俺が一番好きな作家の旦那になれたんだよ。溺愛するでしょ」

真顔で言ってのけるところがすごい。

「でも、あたしばっかり一方的に得してるよね。何か不満とかないの？　溜め込んで突然爆発、とかイヤよ」

「そういうこと溜め込んで攻撃材料にするような男だとでも？　失敬だな、君は」

機嫌を損ねた気配に取り急ぎ詫びを入れると、「よし」と鷹揚《おうよう》に許された。

「不満も要求もその都度ちゃんと言ってるよ。だから喧嘩だってするでしょ。全部飲み込んでるなら衝突は一切発生してないはずだろ」

「けど、そっちが譲ってることのほうが多いような気がする」

「相手に求めるところが少ないのは元々の性格なの」

強いて言うなら、と夫は続けた。

「金や労力どんだけ積んでも手に入らないものを俺は手に入れてるよ。一番好きな作家に影響を与えたり与えられたりする人生って、望んで手に入るもんじゃないだろ。実際、君の作品に俺の思考が反映されることがあるんだよ。それって本好きにはすごい快楽なんだけど、分かんないんだろうなぁ。君は書く側だから」

「むしろ、ヒントもらったりアドバイスもらったりで更に得してる感じなんだけど」

まあいいや、と彼女はクッキーを齧った。季節限定キャラメルクランチだ。

「素直に甘やかされとくよ」

――そんな毎日がずっと続いて、折り重なって年を取っていくのだと思っていた。

その朝が来るまで。

＊

彼女の朝は概ね遅い。

その日も夢うつつに彼が出勤していく気配だけ感じた。起こさないようにそぅっとそぅっと。その気遣いに浸りつつ、また浅い眠りに落ちる。一日の中でも最も幸せな時間だ。

その心地好い微睡《まどろ》みの時間を強制終了させたのは電話のベルだった。

飛び起きると時計の針はまだ正午を迎えていない。彼女が午前中閉店であることは既に周知の事実で、よほどのことがない限りこの時間に電話を鳴らす関係者はいない。

よほどのことを身構えてよほどのことが起こった例しはない。電話を取ると大抵は勧誘なので、うんざりしながら起き出した。

「はい」

応じる声が無愛想になったのは経験則の問題である。

電話の声は勧誘特有の猫なで声ではなく、事務的かつ忙《せわ》しない調子の声だった。

ある病院の名前を告げ、用件を告げた。


ご主人が交通事故に遭ったのですぐこちらへ。

思考能力が力尽くで大方むしり取られた。

むしり取られた分を補ったのはおそらく脊髄反射だ。病院の住所を控え、かろうじて寝間着を着替え、財布と携帯電話だけ普段使いの鞄に突っ込んで車の鍵を——いや、駄目だ。こんな状態で運転など、今度は自分が事故を起こす。

タクシーは。摑まえるのと呼ぶのではどちらが早い。一瞬迷って確実性を取った。日頃の運はあまりいいほうではない。作家になれたことと夫に出会ったことで使い果たした。

携帯からいつも使っているタクシー会社に掛ける。電話番号を告げると住所氏名がすぐに照会される程度には常連だ。

配車の希望時間を訊かれて、答えはほとんど悲鳴になった。

「——今すぐッ！」

タクシーが来るまでマンションの玄関ポーチで待った。

手術中という話だった。

負傷は単純だが出血が多い。

お願い。お願い、誰か。

誰か何とかして。

ぎょっとするような悪意の籠もったクラクションが空気を引き裂いた。

見ると、黒いワゴンが道路を渡ろうとしていた歩行者を威嚇《いかく》するように空ぶかしをしていた。慄いて足を止めた歩行者の鼻先をまるで自分に優先権があるかのようにかすめていく。運転手は三十前後の男で、フロントガラス越しに目を剝いて足を止めさせた歩行者を睨《にら》みつけていた。反吐《へど》が出るほど醜い顔だった。——きっと、お前のような奴が。

　信号や横断歩道はおろか対向車線もないような住宅街の細道で、俺がでかいから俺がえらいと歩行者を威嚇するようなバカは、どこかで人を撥《は》ねる前に死ねばいい。他人に迷惑がかからない死に方を自分で考えて死ねばいい。

　彼じゃなくてお前が撥ねられたらよかったのに。一瞬で黒い感情が煮上がる。

　軽いクラクションが背後で鳴った。紳士的な、気づかせるための音量で。振り向くと見慣れたカラーのタクシーだ。運転手が軽く会釈してドアを開ける。

　道具は使いよう。その言葉がこれほど当てはまる機械はほかにない。人を引っかけそうにして走り去った黒いワゴンと、いくらでも大きな音を出せるクラクションを軽く叩いたこのタクシー。

　行き先を告げて、彼女は付け加えた。

「急いでください。人を撥ねない程度に」

　運転手は高速の使用を提案した。二つの命題を叶えるのに妥当な提案だった。

＊

　一万円まであと数メーターというところで、タクシーは病院の車寄せに滑り込んだ。

「お釣りは結構です」

　ドアが開いた瞬間に転げ出た。足が萎える。踏みしめて受付へ。

　名乗るとすぐ手術室へ案内された。ドアの上に点灯した手術中の赤いランプ。――こんな光景はフィクションの中にしか存在しないと思っていた。

ドラマや映画でしかこんな光景を見たことがなかった自分の幸運に初めて気づく。それを幸運だと今まで気づかなかった罰が当たっているのだろうか。

いかにも病院らしい合成皮革のソファに座ると、そのまま立てなくなった。

近くには公衆電話がある。きっと、この待っている時間に夫の実家に連絡を入れたほうがいい。理性では分かっているのに、根が生えたように腰が上がらない。

まずもって、電話番号が分からない。電話番号を覚えるのは自宅電話にしろ携帯にしろメモリ機能に任せっきりだ。携帯には番号が入っているが、手術室の前で電源を入れていいのかどうか。通話をせずにアドレス帳を閲覧するのは大丈夫なのか。それとも電源を入れること自体アウトか。

フライト中は電源を切れ、この車両は通話禁止、病院内のこの場所で電話を使うな、無条件に従ってきたが、正確にどういう条件で何に影響があるのかは知らない。

知らないから恐くて電源は入れられない。もし、少しでも彼の手術に影響があったら。

そうかと言って、使用可能なロビーまで戻ることはもっとできない。今ここから離れるなんてそんなこと。

携帯電話が普及して便利なことはたくさん増えた。意義のある使い方をしている人も大勢いる。しかし、「電話番号を覚える」という能力だけは退化した人が多いのではないだろうか。彼女が諳《そら》んじられる電話番号は自宅と彼の携帯の二つだけだ。自分の携帯でさえ番号は覚えていない。

携帯電話が普及するまでは、こういうときは取り急ぎ財布と手帳だった。今は取り急ぎ財布と携帯。その習慣で今日もそうしてしまったが、こうなるとたいへん具合が悪い。手帳なら開けば連絡先は一目瞭然だったのに。非常時に一番強いのはアナログだ。

携帯電話があるということが前提の社会的インフラがまだ整っていないのだな、とそんなことを思った。彼女が子供の頃には携帯電話はなかった。今の子供たちは携帯電話があることが当然で、何歳から持ちはじめるかだけの話になっている。

一つの技術が存在していなかった世代と、存在していることが当たり前の世代が混在している。将来、子供や孫に「私が子供の頃はこんなものなかったのよ」と一体いくつの技術を挙げることになるのか。

携帯があれば何とかなると思ってて、お父さんが事故に遭ったときに手術室の前から動けなくなったのよ。

そんな台詞《せりふ》を心の中で呟いてみて、背筋がざわりと粟立った。

もし、今——先立たれたら。そんなことを話す子供さえ授かっていない。あなたをお父さんと呼べる子供はきっと幸せだね、いつもそんな話をしていたのに。

一人で彼を失う衝撃を想像しただけで呼吸が浅くなった。

あたしは、後を追わずにいられるのか。

「嫌ッ……」

振り払おうとして声が出た。作家という生き物は、良くも悪くも想像力が無駄にある。そしてその想像力が全力で最悪に転がったらどうなるか。

今まさに思い知った。

手術中のランプがふっと消えた。

観音開きのドアが開く。

ドラマならここで家族が出てきた医師に駆け寄る。——彼女は駆け寄らなかった。

ぎぃっと首の骨が軋《きし》んだ。自分が顔を上げたという認識は、手術着を着た医師が視界に入ってから追い着いた。まるで関節が錆び付いたように体が巧く動かない。蝶番《ちょうつがい》なら油を注せるのに。

口の中がぱさぱさに乾いて声が出ない。

医師は彼女と目が合ってから、心得たように頷いた。

「無事に終了しました」

手術室からストレッチャーで彼が運び出されてくる。あれこれ管がついているが、管がついているのは生きているということだ。

物も言わずに駆け寄ると、彼は麻酔で深く眠っているようだった。

そのままストレッチャーについていこうとすると、看護師に呼び止められた。

「先に手術についてのお話がありますので」

ストレッチャーに置き去りにされて、彼と引き離されたような気がした。


「術前のCTですい臓に腫瘍が発見されました」

世界の底が抜けたような心地がした。そのまま気を失うかと思った。

どうして——事故の手当てが無事に終わったのにこんな話を聞かなきゃならない。交通事故で呼ばれたのだ、こんな話を聞くためにじゃない。

自分の全てが固まった。体も。表情も。声も。——心も。

仕事で調べたことがある。すい臓は難しい臓器だ。悪性であれば発見されたときは概ね手遅れ。

医師は彼女を待つようにしばらく黙っていた。
数日前、彼と交わした会話が脳裏に蘇った。次作の構想を相談していたときの話だ。

次はどうしよう……
前は女性作家が死ぬ話だったろ？　今度は女性作家の夫が死ぬ話にしてみたら？
うわ、それちょっと書きにくいなぁ。
書け書け。内容的にも対になるじゃん。収まりいいよ。
うーん……
憬くな。さあ俺を殺せー。
そうだね、ちょっと面白いかも。やっちゃおうかな。
面白そう。夫が死ぬという話は面白そう。
そんなことを考えていたから――

だから、これはバチが当たったのだ。
だから、あたしは今こんな話を聞いているのだ。

眠りを引き裂いた電話。悪意にまみれたクラクション。黒いワゴンの空ぶかし。浅はかな自分の言葉。すべてが頭蓋の中にこだまして激しい目眩《めまい》がした。

ふうっと息を吐く音が鳴り響いて、再生される音の氾濫は収まった。

「どちらですか」

良性か——悪性か。

尋ねた声は自分でも驚くほど平坦で、感情が全く乗っていなかった。

「良性か悪性かはまだ分かりません。検査をしないと」

「検査はいつできますか」

すい臓であれば手術は難しい。治療を始めるなら一刻も早く——

「事故の主な負傷は右大腿部の骨折ですから、検査自体は経過が順調であればすぐにもできます。ただ、ご主人は手術で体力を消耗しています。検査では絶食が続きますから体力が回復してからでないと……」

御託はいい。

さっさと答えを寄越せ。

「私、医療に関してはまったくの素人なんです。そのご説明では大まかな見当もつかないんです。夫の体力が回復して検査を受けられる目安をお願いですから教えてもらえませんか」

医師の言葉を早口に遮ると、医師は結論を端的に寄越した。

「一週間前後と考えていただければ」

「よろしくお願いします」

頭を下げると、揃えた膝の上に水滴がぽろぽろと転がった。

その後、警察と保険会社と彼の身内と彼女の身内と会社の人が入り乱れ、状況は津波のごとく暴力的に過ぎ去った。

波の洗った後は何も残らない。洗われた浜をよたよた歩き、ぽつぽつと情報の残骸を拾い歩く。彼を撥ねた車の運転手は現場を数百メートル走り去ってから戻ってきたらしい。撥ねたことは分かっていたが恐くて止まれなかったという。

彼の実家からはすぐに連絡を入れなかったと叱られた。居心地の悪さや反発は感じなかった。そんなことはもうどうでもよかった。

会社は彼の有休手続きを取ってくれた。四十日間は有休扱い、それ以降は欠勤扱いになるとの話だった。彼女が退職して随分経っていたが、まだ覚えてくれていたらしい。慌しいやり取りの隙間に近況を訊かれた。

事故処理に関してはツテで弁護士に代理人交渉を頼んだ。状況は自分のキャパシティを完全に超える。病気と事故と、二つとも自分が抱えて動けるとは思わない。

病気のことは誰にも話さなかった。

彼がなかなか麻酔から目覚めないので、家族は夕方に帰った。

彼女は病院の売店で当座必要なものを買い、ずっとベッドのそばに付き添った。

狭い個室はドアを閉めると外の音が遠くなり、まるで世界から切り離されたようだった。

本当にこのまま切り離されてしまえばいいのに。

いっそ今、世界の終わりが来たらいい。訳が分からない間に二人同時に事切れるような何かが起これぱいい。

具体的なことを考えようとすると意識が白くなっている。平気で二十分も三十分も経っている。脳が思考を拒否している。

ふと気がつくと、彼の手が何かを探すように布団の下でぱたぱた動いた。探している。彼女が手を握ると、彼が目を開けた。

これほど心許《こころもと》ない彼の表情は初めてだった。

「俺……どうなっちゃったのかな」

「事故……」

そこで声が詰まった。視界が歪む。

「事故、遭ったの。車に……」

「……そっか」

彼は深く息をついた。

「危ないところだった。死んだら君が泣くからなぁ」

号泣した。今しかない。これ以降、こんな泣き方はできない。今なら事故のショックと思ってもらえる。これ以降こんな泣き方をしたら、聡い彼は余計なことにいろいろ気づく。

その日は余計なことは何も話さなかった。怪我について医師から説明してもらい、彼女は家に帰らず病室に泊まった。

翌朝、彼の入院準備のために家に帰った。一段落したら近所の病院に転院することになるが、少なくとも検査の結果が出るまでは移れない。

いくつか急ぎの仕事があったのでメールチェックをすると、十件近く処理しなくてはならないメールが入っていた。処理せねばならないものを処理し、新規の仕事は当面差し止める。仕事の区切りはつけやすいタイミングだった。

彼の入院道具を仕立てながら、能率というものが完全に欠落している自分に気づく。シャツを一枚鞄に入れて、歯ブラシが要ると思いついて洗面所に立ち、下着を出しながら箸が要ると台所に立ち、ヘアブラシを忘れていたと洗面所に行って、湯飲みが要るとまた台所に戻る。行きつ戻りつ二時間ほどかけて荷物を作り、車で家を出た。病院に着いたのは昼を回っていた。

＊

入れ替わり立ち替わりの家族の見舞いが落ち着いた頃、彼が言った。

「明日からいくつか検査があるから。事故の後遺症を調べるんだって」

検査については彼女がいないときにそう説明してほしいと医師に頼んであった。彼は案の定、彼女を心配させないように軽い口調を作っている。

彼女を甘やかすことが人生の目標。日頃からそう言い放つ彼は彼女を動揺させないことに全ての神経を傾ける。そんなことは最初から分かり切っていた。

さあ、盛大に怯《おび》えろ。

「やだ、後遺症って何？　具合悪いの？」

さあ、あたしを心配して。全力であたしを安心させて。

自分自身を振り返らないであたしだけ見てて。

これから何が始まるとしても、まだ何も気づかないで。

まだ準備が終わってないから。

「大したことないよ。ほら、怪我がけっこうひどかったから念のためにってこと」

大丈夫だよ、と彼は枕元の松葉杖を叩いた。

「事故の翌日から動き回れるくらい元気じゃん、俺。やばかったのは事故直後の出血だけだよ。何か、手術のとき内臓が腫れてたんだってさ。その経過を見るだけだから」

厄なら事故で落ちてるよ。そう言った彼に涙がこぼれそうになった。

どうかそうであってください。お願いです。厄はもう落ちていてください。

この状況で彼女が泣くのは不自然ではない。だが、過ぎると不審に思われそうなことと、一度泣いたら過ぎてしまうような気がして、喉の固まりを飲み込んだ。


ここ一番のときに詣《もう》でる神社がある。

地元の神社で決してメジャーではない。神主など正月の三が日くらいしかお目にかかったことがない。

だが、願をかけて叶わなかったことがない。作家になれるかどうかの瀬戸際にいたとき、実家の母が倒れたとき、どうかと願ったことが全部叶った。

彼と付き合うようになってから初詣は必ずそこだ。ひっそりと地元の支持が篤いのか、正月は参拝客が地味に多い。

その日の帰り、その神社に寄った。

お賽銭はどうしようと考えて、財布の現金を残らず賽銭箱に入れた。札も小銭も数えなかった。数えて賽銭の額を決めることが恐かった。数えたことが神様の気に障ったらどうしようと恐い。

鈴を鳴らして柏手を打つ。——どうか。

助けてください。今助けてくれたらもう何も要りません。

彼を助けてくれたらいつ私の命を取ってくれてもかまいません。むしろ取ってください。

彼のためではなく、

——私のために。


どれだけそこに立ち尽くしていたか分からない。

日が落ちたらじわじわと冷え込む時期、いつの間にか体の芯まで寒さが忍び込んでいた。

こんなことを願って時間を見失えるなんて、あたしは何て身勝手な人間だろう。——あたしは彼のためではなく、あたしが彼を失わないためにしか祈れない。

こんな瀬戸際で急に心は入れ替わらない。だからあたしはあたしのために祈る。あたしのために彼が生きろと祈る。身勝手な願いを押し通す。

日が落ちて足元は暗くなっていた。境内の急な石段は、足を滑らせたら転落死もあり得るほど高かったが、わざと手摺りを使わなかった。

いっそ神様が先に代償を取ってくれたらいい。

最後の一段を降りて地面に足がついたことが、ひどく不本意だった。

事故の処理を代理人交渉にしていることが、彼の実家にも彼女の実家にも不評だった。

いくら頼めるお金があるからって。

自分で動かないことが怠惰だと言いたいらしい。

作家の仕事で忙しいのは分かるけど、こんなときくらい。薄情な嫁で息子がかわいそうだ。

婚家にそんなことを言われて悔しくないのか。こっちも恥ずかしい。

——両方知ったことか。

彼のそばにいられる時間をお金で買って何が悪い？　金で代理が利くものに代理を立てて何が悪い？

個室ではパソコンを使ってもいいということなので、ノートを持ち込んで彼のそばでテキストを叩いた。

そんなところを両家の家族に見られると、また後でブツブツ言われる。

あたしたちを助けてくれない世間体など知るか。あんたたちも含めて。

こんなときくらい看病に専念したらいいのに。——二人でテレビを観ていたら何も言われないのに、彼が本を読んでいる隣で彼女がパソコンを叩いていたら文句を言われる。テレビならOKで読書とパソコンはNGという理由は？　二人で別々のことをしていたら睦《むつ》まじそうに見えないから、そんな訳の分からない基準も知るか。あんたたちが希望する『型』も知るか。あんたたちに必要なことをあたしたちに押しつけるな。

あんたたちには検査のことも病気のことも話さない。あんたたちは仲間に入れない。

これはあたしたちの事情だ。はっきりするまであんたたちとは何も分かち合わない。彼の事情を背負うのはあたしだけだ。誰にも分けない。あたしが独占する。たとえ傲慢と言われても。

あたし以外の誰にも彼と同じものを背負っている顔はさせない。

付き添いの合間に書いて、家に帰っても書いた。どこかの回路が壊れているように眠気は全く訪れなかったが、夜は睡眠導入剤を飲んでむりやり眠った。

——そして、数日をかけて検査は終わった。

*

「残念ながら」

医師のその前置きで身勝手な祈りがへし折られたことを知った。

どうして、神様。

夫が死ぬ話は面白そう——そんなことを考えたあたしに罰を当てるならあたしに直接当てろ。あたしの命を取っていけ。

「転移はしていませんが、場所が難しいので手術はできません。治療は抗ガン剤による化学療法が中心になります」

「どのくらいですか」

ぎくしゃくと投げ出した彼女の問いを、医師は正確に汲み取った。

「分かりません。こういう病気は、患者さんそれぞれで本当に経過が違うんです。余命三ヶ月と診断されて数年保《も》ったケースもあります。もちろん逆のケースも。とにかく、一日一日を大切に治療に取り組むことです」

告知はどうされますか、と医師は尋ねた。

するかしないかではない。告知は大前提だが、誰から告げるかだ。彼女からか、医師からか。

その選択はさせてくれと事前に頼んであった。

「考えたいので、明日まで待ってください」

検査結果を訊くのは帰りがけにしておいたので、その日はそのまま家に帰った。


玄関のドアを開けると、部屋の灯りが出迎えた。

事故の初日に事故より不吉な宣告を聞いてから、外出するときは部屋の電気を点けっぱなしにしている。――誰もいない暗い部屋に帰ると心が折れる。

一人になったら泣くかと思った。意外と涙は出なかった。悲しいとか辛いではなく、むしろ。

体の中に渦巻いている感情は、怒りや憤りに近かった。

認めない。

こんな運命は認めない。認めるものか。

あたしは作家だ。物語を商う作家だ。

あたしの商う物語は空想事だ。絵空事だ。単なる夢だ。

夢なら不幸は逆夢《さかゆめ》だ。――それなら。

こんなことはあたしが逆夢にしてやる。あたしがこの手で彼を殺してやる。

神様に取られる前にあたしがあたしの文章で彼を殺してやる。

神様がいるなら受け取れ、あたしはあんたに喧嘩を売った。

あたしは作家だ。腹の足しにもならない空想を、絵空事を、夢をこの世でお足に替えている。

あたしは夢を操る生き物だ。だから、

覆《くつがえ》れ。

覆れ覆
れ覆れ
覆れ覆
れ覆れ
覆れ覆
れ覆れ
覆れ覆
れ覆れ
覆れ覆
れ覆れ
覆れ覆

れ覆れ
覆れ覆
れ覆れ
覆れ覆
れ覆れ
覆れ覆
れ覆れ
覆れ覆
れ覆れ
覆れ覆
れ覆れ
覆れ覆
れ覆れ
覆れ覆
れ覆れ
覆れ覆
れ覆れ
覆れ覆
れ覆れ

覆れと一晩キーボードを叩き続けて、その翌日に彼女から彼に告知の前触れをした。

一番恐いことは、一番悪いことは、全て自分が一番先に聞いて、一番先に触れ回る。その役目は誰にも譲らない。何故ならそれも逆夢の作業の一つだからだ。彼の身内で夢商いは彼女だけだ。夢を商う身に懸けて、その役目は誰にも渡さない。病院にも彼の病気に関する話は彼女に先に話してくれるように頼んだ。情報の開示順を指定するのは珍しい話ではないらしく、すんなり承諾してもらえた。

彼の会社にはそのまま退職届けを出した。

治療方針が決まって、自宅の近くの病院に転院してから、お互いの家族に事情を話した。

事故の代理人を立てたのは、実はこのことがあったからです。

私は病気のことを受け止めるのが精一杯で、事故の対応はとてもできなかったので。

そう告げるとき、かすかに残酷な悦びを覚えた。善良なことで目くじらを立てる善良な人々が、善良に後ろめたい顔をするのが心地好かった。

追い討ちをかけずにいたら、どちらの家族も勝手に適度な距離を取ってくれるようになった。基本的には通院しながらの治療なので、骨折が完治して退院してからは看病に家族の手を借りる必要もあまりなかった。

定期的な検査入院のほかに、体調の変化で予定外の入院が挟まる。微熱、腹痛、便秘、下痢、日頃ならその程度と流すようなことでも、いちいち病院に行ってもらった。大したことはないと帰されるときもあるが、念のためにと入院になることもある。自己判断など恐くてできない。

当面差し止めるつもりだった仕事は積極的に増やした。生きていくにはお金がかかる。貯金を取り崩しながら病気の心配とお金の心配をするよりは、元気なほうがきちんと働いて収入を安定させるほうがいい。生命保険で賄える医療費にも限度がある。

彼も家事を積極的に引き受けてくれた。何かしないと気が滅入るからちょうどいい、と。適度な運動は医者にも勧められていた。ほどほどの家事なら頃合いだ。

「俺の治療費を稼いでもらわなきゃいけないしね」

事故のおかげで発見が早期になった、というのは皮肉だろうか。治療は順調だった。

投薬しながら社会復帰できるかもしれない、という見込みも立った。

「就職活動を始める前にどこかに旅行に行きたいな。君、仕事休める？」

彼が旅行ガイドやパンフレットを集めはじめた頃だった。

軽い発熱で病院へ行った。念のためにと入院になった。数日の予定が一週間に長引き、二週間に長引いた。腫瘍の位置的に難しいと言われていた放射線治療が始まった。

飛行機が突然失速するように容態は悪化した。

意識の混濁《こんだく》が始まる。

そして、彼はそれきり戻ってこなかった。

＊

「……すごいね」

彼はプリントアウトした原稿をぱらぱらとめくった。

「覆れ、って一晩打ち続けたらこんなになるんだ」

その二文字で埋め尽くされた原稿は、全体の半分以上に及ぶ分量だった。

手が途中で利かなくなって、三時間ほど休んだ。締めくくったのは夜が明けてからだ。

ベッドに体を起こした彼の足はギプスで固められている。

「時系列的には、今が検査の翌日かな」

彼女は俯いたまま頷いた。

「今から先生が来て説明を受けて、治療方針を相談するのかな」

また頷く。

「ずいぶん根を詰めたね。事故の日から？」

また。——頭を動かすと目から水がぽたぽた落ちる。

もし、助からない病気になったら教えてほしい。彼は常からそう言っていた。

もしそうなったら、俺すぐに会社を辞めるから。そんで、君といろんなところに行く。今まで行きそびれてたところとか、遠くの友達のところとか。友達とも一人ずつお別れしてくる。俺の葬式が俺と会った五年ぶり、とかいう奴が一人もいないようにして死ぬ。

俺の残り時間は俺の好きなように使う。

だから絶対言ってよ。約束な。——そんな約束は、一生考えることなどないと思っていた。

だってあたしが先に死ぬ予定だったから。その予定しか考えていなかったのに。あなただって言ったじゃない。

でも、君が俺を看取るのは無理そうだよな。そういう状況になったら君の心は多分折れるな。

やっぱり俺が看取ってやるしかないか。

そうよ、あたしには無理なのに。無理だって分かってるのに何で病気になんかなるの。

「すごい願掛けだね」

彼は膝に載せた原稿の束を持った。どこかの新人賞に応募できそうな分量だ。

「怨念籠もってるよなぁ。強力そう」

声を出そうとして喉がひきつった。何度も大きな息を入れながらようやく喋る。

「職業柄、思い込みが激しいの」

大きな波が打ち寄せて、それを一つやり過ごす。

「だから、うっかり死んだらたいへんよ。祟るよ」

彼が小さく吹き出した。

「普通は死人が祟るんだよ」

「あたしはちがうの」

祟って何とかなるなら神様だって祟ってやる。

「――なぁ」

彼が原稿をめくりながら言った。

「謝るから、いっこわがまま聞いてもらっていい？」

「なに？」

「ここ」

彼が紙の送りを止めて指を差す。示した箇所は――

もし、今――先立たれたら。そんなことを話す子供さえ授かっていない。あなたをお父さんと呼べる子供はきっと幸せだね、いつもそんな話をしていたのに。

一人で彼を失う衝撃を想像しただけで呼吸が浅くなった。

あたしは、後を追わずにいられるのか。


「子供、作らなくていい？」

「――何で、って訊いていい？」

彼は困ったように首を傾げた。

「俺だけかまってほしいんだ、って言ったら呆れる？」

また大波が来て喋れなくなった。

「先に子供がいたらよかったんだけど、そうじゃないから」

彼にしては珍しく、言葉を探すように声が心許ない。

「君はすっごい願を掛けてくれたし、俺も逆夢を信じるけどさ。でも、やっぱりこういう病気を先に突きつけられちゃうと、抱えきれる自信がないんだ。自分でもちょっとびっくりしてるけど、思ったより器小さかったよ、俺」

苦笑に胸が痛くなる。もういいよ。そう言ってあげたいのに声が出ない。

「もしこれから子供できたらって考えたらさ。子供にはやっぱり手がかかるだろうなって思って、そしたら二人で過ごせる時間も減るよなって。それはいやだなって思っちゃったんだ。君の時間を子供に取られるのはいやだなって」

彼が彼女の手を取った。手慰みのように弄《もてあそ》ぶ。

「逆夢が叶ったら後悔するかもしれない。年取ってからやっぱり子供作っとけばよかったねってなるかもしれない。——しれない、じゃなくて絶対後悔すると思う。でも、俺が死ぬまでの君の時間、全部俺にちょうだい」

それは彼が初めて言うわがままだった。

君はどうしたい？　それがずっと、二人で何かを決めるときの彼の口癖だった。彼女が積極的に希望を出さないときは、手頃な案を出してきて「これでいい？」と尋ねる。

相手に求めるところが少ないのは元々の性格。そんなことを言ったこともある。

もっとたくさん求めてくれたらよかったのに。他にもいろんなものをあげられたかもしれないのに。

「いいよ」

あなたの遺伝子がこの世に遺《のこ》らないのは世界の損失だと思うけど。

世界の損失など知ったことではない。

その代わり、責任持って長生きしてよ。後を追うかもしれないからね。

何度も何度もつっかえながら、やっとの思いでそう言った。

言い終えると涙と鼻水で顔がぐちゃぐちゃになっていて、二人で医師の説明を聞いたときには完全にすっぴんだった。

後で鏡を見ると、他人にさらした不細工ヅラの最高峰になっていた。

*

逆夢は小さなところから地味に叶った。

会社に退職の申し入れをしたら、ひとまず休職の扱いにしてはどうかと勧められた。

「復帰できるときはもう便利じゃなくなってると思うんだけどなぁ」

相変わらず会社での自分の価値は利便性だけだと割り切っているらしい。

「復帰したらすぐに便利な状態に戻せるって見込まれてるんだよ」

「まぁ、何にしても君の怨念はさすがだね」

「プロだもの、出力が違うわよ」

死者の怨念が生者を取り殺すという怪談があるのだから、その逆があってもいいはずだ。

「あたしの怨念で死に損なうがいいわ」

「ひどい言われようだなぁ」

「何で？」

死に損ない。素敵な言葉じゃないの。どうして罵倒の台詞に使われるか分からない。つまりは命冥加ということなのに。

何よりいいのは、死に損ないと悪役に罵られた主人公は絶対死なないのだ。

「元気に死に損なおうね」

「うわ、作家の妻にすごい日本語繰り出された」

「あたし的に今一番旬よ、この言い回し」

たまにそんなバカな会話を交わして、本を読む彼のそばでパソコンを叩く。個室でないとこれはできない。

「がんばって高い保険に入っててよかったねぇ」

「切り替えるタイミング外してただけだったけどね」

彼が入社時から入っていた保険である。会社に出入りしている保険のおばちゃんの強引な押しで、新入社員は大抵かなり立派な保険に入っている。それをグレードアップさせながら更新していくので、この年齢になると掛け金もそれなりになっている。

彼の年代になると、おばちゃんの手ぐすねをかいくぐって安い掛け捨ての保険に切り替える者も多い。彼は逃げ損ねていた口だが、逃げ損ねていて助かった。一日の個室料金が入院給付金で賄えるだけのプランをおばちゃんが組んでくれていた。

彼女の仕事も軌道に乗って、収入も貯蓄もそれなりに余裕はあったが、骨折の全治三ヶ月間をすべて個室にするとさすがに出費が大きい。

幸いにしてパソコンが一台あれば場所は選ばない仕事である。ファミレスやコーヒーショップで店を広げる同業者もいるほどだ。せっかく付き添いながら仕事ができるのだから、金で買える条件は買うつもりでいたが、自腹を切らずに賄えるならそれが一番ありがたい。

この先どれだけお金がかかるか分からないのだから。

「保険のおばちゃんって、けっこう情報通だからさ。社内のトピックそれとなく押さえとくのに重宝で、保険切り替えて疎遠になるのも惜しくてずっと逃げ損ねてたんだよな」

逃げ損ねた結果がプラスに転んだのなら、逃げ損ねるというのもやっぱり自分たちにとってはいい言葉だった。どうやら「し損ねる」という言葉にはツキがある。

「おばちゃん、俺のことをネタに切り替えの牽制してるらしいけどね」

そんな情報は引継ぎの連絡などで聞くらしい。個室内は携帯の使用が自由なので、会社はまだ気軽にあれこれ問い合わせを入れてくる。

「たくましいねえ。相変わらずあのおばちゃんなんだ?」

「あのおばちゃん」

二人が入社した頃、既にいつから出入りしているか分からないという一種のヌシだった。彼女も女性向けの保険を勧められて入っていたことがある。やはり掛け金がそこそこする立派な保険で、専業になったとき切り替えてしまったが。

ときどき彼が気兼ねしたように尋ねる。

「ここに通って仕事してたら能率落ちない？」

付き添うことが仕事の妨げになっていないかと心配らしい。

「そうでもない」

それは意外なほどだったが、ある友人に言わせると「そんなに不思議じゃない」ということになる。

年上の友人で、母子家庭の母親だ。子供は小学生の娘が一人。学校を退けると実家に預かってもらっている。友人が勤めを終えて迎えに行き、家に帰ると待ってましたとばかりに「お母さん、宿題見て」が始まるのだという。

友人の両親は二人とも教師で、孫の溺愛ぶりも凄まじい。宿題など手取り足取り見てくれるに決まっているのだが、娘は帰宅するまで絶対に宿題を出さないのだという。

けっこう勉強できる子だからね。分からないところなんか実は滅多にないのよ。でも見てってていうの。教えてってことじゃないのよ。宿題するから横にいてっていうの。横でご飯食べててもそれは全然かまわないのね。

要するに、あたしの横だと安心して宿題ができるのね。

あんたも、もともと夜型ではあったけど結婚して余計にそうなったじゃない。それって旦那が家にいるからじゃないの。別の部屋で旦那が寝てても、「家にいる」ってことに安心するんじゃない？

だとしたら、旦那の病室のほうが集中できたとしても不思議じゃないわ。

小学生並みのメンタリティだけどね、と友人は笑った。

「それに家だと意外とだらける時間が長いの」

本にゲーム、常時接続のネット。家でウィンドウショッピングができてしまうからたまらない。メールマガジンで『新商品のお知らせ』などとやられると、一クリックで閲覧できてしまうのでそのまま長い旅に出てしまう。そのうえ、いつでも昼寝ができてしまうベッドの誘惑が大きい。ちょっと小一時間、と思いながら横になって数時間が泡と消えることも珍しくない。

そんな調子でほとんど空費に終わっていた昼間が活用できるようになり、プラスマイナスすると多少プラスに転ぶほどの能率を保っている。

「付き添いって言いつつ、実は半分くらい出勤の感覚だよ。おかあさんたちも家のこと手伝ってくれてるし」

実母と姑からそれぞれに「よかったら明日、留守番しとこうか」と連絡が入るのだ。甘えると家事手伝いがついてくる。申し出がかぶったことはないので、どうやら母親同士でタイミングを相談しているらしい。

善良でセンシティブな二人の母親は彼の病気をまだ受け止めきれていなかった。たまに見舞いに来ると必ず泣き出してしまう。そして、それが病人の精神衛生によろしくないことは自覚しているので、あまり病院に寄りつかない。

しかし親の本能として手助けはしたいらしく、彼女が最も苦手な分野をサポートしようという相談を固めたようだ。実母にも姑にも家事が苦手と断定されている自分の立ち位置には忸怩《じくじ》たるものがあるが、今さらごまかしようもない。「ごめんなさい、てへ」で甘えるのが親孝行というものである。

病気の彼とは恐くて向き合えなくても、母親たちも役目がほしいのだ。それぞれ自分の子供に対して。

負うた子に教えられて浅瀬を渡るということわざには、隠れた裏の意味がある。親はどれだけ年を取っても子供を負いたがるのだ。黙って背負われようとする親は滅多にいない。何か起こると「自分がいなくちゃ」のポジションを取らないことには安心できない。

だから「あなたはだらしがないから家の切り盛りと病院の付き添いは両立できないでしょ」という説教もありがたく拝聴しなければならない。この世代の母親に「あたしも一人前に稼いでるのよ」なんて主張は通用しない。

「家の面倒見てもらってるのはいいけど、自分の飯はどうしてるの？」

彼が恐い顔で問い詰める。

「俺がいないからって毎食コンビニとかとんでもないよ」

「昼はここで食べてるじゃない」

彼の昼食時間になると、彼女も病院の食堂で日替わり弁当を買ってくる。

「病院のお弁当だけあって体によさそうよね」

旨くない、の婉曲《えんきょく》表現だ。

「夜は？」

病院の夕食は五時くらいに始まってしまうので、それはさすがに付き合えない。五時に夕飯を食べるという文化は彼女の人生になかった。

「まあ、適当に。おかあさんたちが何か作ってくれてることもあるから」

濁した彼女に彼は溜息をついた。

「これだから早く退院しないとなぁ」

自分で好きなもの作って食いたいし、と付け加える。あまり好き嫌いを言わない彼だが、病院の刺激がなさすぎる食事には辟易《へきえき》しているらしい。

週末は泊まることが多いが、平日は大抵八時には引き揚げる。

「今日は?」

帰り支度をしながら尋ねると、三日に一度の割合で本を託される。読み終わった図書館の本だ。乱読派なので図書館に通って分野を問わず手当たり次第に借りてくるのが習慣だったが、入院中は彼女が代わりに借りている。読む本が途切れるのが一番苦痛らしく、返却と貸出しはこまめに頼まれる。

「リクエストは?」

「適当に。ノンフィクション系が少し欲しいかな」

託された本は翌日の「出勤前」に図書館に寄って返し、返した分だけ別の本を見繕って借りてくる。

新刊の購入を頼まれることもある。居ながらにしてウィンドウショッピングができるのは病室でも同じことで、彼が携帯で頻繁にチェックするのは新刊情報だ。

「携帯じゃ見辛いでしょ、もう一台ノート買おうか?」

「見辛いからいいんだよ。暇がつぶれるしね」

彼女が帰ってから一人で過ごす翌朝までは長いのだろう。

頼まれる本の中に、彼の病気に関するものが混じっていたことはない。何かあると関連する本を読み漁《あさ》って情報収集していた彼が、このことについては全く触れようとしなかった。かといって弱音を吐いてくれるわけでもない。

その心中を思うとたまらなかった。

負傷自体は単純だと言われていたとおり、骨折の回復は早かった。退院は当初の見込みよりも半月早まった。

病気の治療は家から通いやすい病院に移行する。その手続きが済むなり彼は逃げるように帰宅した。

「おかえり俺ー！」

玄関に入るなりバンザイ三唱だ。よほど入院生活が苦痛だったらしい。

「今日ハンバーグ作って食べる！　買い物行こうっと」

荷物を下ろすや玄関にとって返す。

「病院でもハンバーグ出てたじゃない」

「あれはハンバーグではありません。あれをハンバーグと呼ぶことは俺が許しません」

日替わり弁当に入っていたこともあるが、確かにどんな焼き方をしたらこれほどパサパサするのか秘訣を聞きたいような代物ではあった。

「何か買ってくるものある？」

「待って、一緒に行くよ」

歩いて五分のスーパーだ。買い物をしても一時間とかからない。だが、その日は少しの時間も彼と離れたくなかった。

「ハンバーグとトンカツだけは自分で作ったのが一番旨いんだよな」

「きんぴらもその辺のお総菜よりおいしいよ」

「じゃあきんぴらも作ってやろう」

昼下がり。穏やかな日射し。歩いて五分のスーパーに手を繋いで出かける。

他人が見たら何の心配事もない、ただ幸せなだけの夫婦に見えるに違いなかった。

*

通院は二週間に一度のペースで、体調に変化があったらその都度診察を受ける。

帰宅してしばらくの間は、神経質なくらいどこへ行くにも付き添った。それこそ歩いて五分のスーパーまで。

だが、やがて夫からクレームが入った。

「少しは放し飼いにしてくれないと。さすがに息が詰まるよ」

わずかな時間でも離れているのは彼女が不安だったが、それは彼女がこらえなければならない部分だろう。それに彼女も仕事で外出しなければならないときがある。

お互い、外出するときは携帯を持ち歩くことで折り合いをつけた。彼女が外出することは多くないが、たまにうっかり携帯を忘れると電車を一本乗り逃がしてでも取りに戻った。

一度、彼が携帯を忘れて出かけたことがある。ほんの二時間の外出だったが、帰ってくるなり泣きながら詰《なじ》った。詰ってから後悔して泣き、彼に慰められて申し訳なさでまた泣いた。

どうしてあたしはこうなんだろう。

生きていてくれたらそれでいい。そう思っているのは嘘じゃないのに、どうしてこんな小さなことを許すことができない。

どうしてこんなことになってさえあたしは善良で優しい人間になれない。

「そんなの当たり前でしょ。俺、生きてるんだから。あのね、人間が無条件に優しくなれるのは相手がホントに死人の箱に片足突っ込んでからなの。何でも我慢できるようになるのは、相手がホントにこれから死ぬってことが目の前にぶら下がってからなの。人間は生きてたら絶対些細なことで喧嘩すんの。些細なことで喧嘩してるうちは、死がまだ現実じゃないってことだよ」

しっかりしてくれよ、逆夢起こすんだろ。そう言って彼は笑った。

自分が不安でないはずがないのに、どうしてそうやってあたしのことまで引き受けられるの。

人間の質がそもそも違うとしか思えない。

最初は彼がごめんと謝っていたが、最後は彼女がごめんと謝り続けていた。

図書館に行ってくる、と彼がふらりと家を出た。

いつもより少し時間がかかっていたので、不安になって何度か電話を入れたが、本を選ぶのに時間がかかっているだけだと言われた。

帰ってきた彼が鞄から出した本のタイトルにぎょっとした。

すべて病気に関するものだった。

彼女が訊いていないのに、彼は自分から話した。

「今まで恐くて直視できなかったんだけど、やっと腹が括れたから。君が買ってた本もあったろ、それも全部貸して」

彼に知れと迫ることはしなかった。病気のことは自分が理解しておけばいい、と自分が調べたときの本は資料棚の奥に隠してあったのだが、あっさりばれていた。すべて供出させられる。

どう接したらいいのか分からず、読み入る彼をただそっとしておいた。彼がそれらの本を読むのはどれだけ恐かろう。だが、彼が知ろうとしている以上それは代われない。

数日かけて手元の本を読み尽くした彼が晴れ晴れとした顔で「分かった」と言った。

「ハンバーグは不味かったけど、前の病院はいい病院だ。紹介してもらった今の病院もいい病院だ。治療の方針がぶれてない」

そのときから何かが吹っ切れたらしい。退院してから家事の他にはいわゆる「暇つぶし」しかしていなかったのだが、精力的に動くようになった。

病気のことを一通り調べ終わって読み漁りはじめたのは、合同会社設立のマニュアルである。タイトルの中に必ず『フリーランスのための』だの『自由業のための』がつく。

「君の稼ぎだと会社にするほうがいろいろ得なんだ。前から気になってたんだけど、この機会にやっとこう」

「え、でもあたしそういうの分からないんだけど」

専業になってからというもの、社会人的な能力は退化した。まともに会社を執り回すなど。

「うん、だから実務を俺が担当する。税理士も探して俺が治療で忙しくなっても引き継げる態勢作っとく」

「でも、あなた会社に勤めてるのに別の会社で兼業とかできるの？」

「できないよ。だから辞める」

いろいろ計算してみたんだけどね、と彼は自分のパソコンで表計算ソフトを立ち上げた。最近熱心に何かやっていると思ったらこれだったらしい。

「暫定で休職扱いにしてもらったけど、あんまり現実的じゃないんだよ。完治の診断が出るまでやっぱり何年もかかるだろうし。それなら我が家における俺というコマを君の節税に当てたほうがマシ。会社に問い合わせたら退職推奨の形にしてくれるっていうから、今後五年を試算すると退職した俺を君の会社に投入するほうがこれくらいお得」

数字が苦手な彼女にも分かりやすく作った表を見せる。

五年というのが完治の目安になる生存年数だということは、お互い改めて確認するまでもなく認識していた。

「どう？」

「……こういうことを考えてるときのあなたはホントに生き生きしてるよね」

「有能だろう、俺は」

「何でそんなに働くのが好き？」

「性分なんだよねぇ。無為の日々を巧く送れない人なんだ」

実際、こういうことで動きはじめてからのほうが楽しそうになった。

それを言い出してから一ヶ月と経たないうちに彼は退職推奨の形で会社を辞め、彼女の会社を新しく立ち上げた。

こう動くとは予想外だった、といろんな書類に判を突かされながら思う。

これも小さく逆夢だった。

*

「なぁ、うちに遊びに来ない？」

彼はそんなふうに友達に電話を掛けはじめた。誘うのは遠方の友達だ。

「うん、いきなりなんだけど。交通費こっちで持つからさ。こっちから行けたらいいんだけど、ちょっと難しくて」

唐突な誘いに、声をかけられた友達が当惑している様子が毎度伝わってくる。

そして彼は、びっくり箱を開けるようにいたずらっぽく病気のことを明かすのだ。

「いやいや、ホント。こんなことで嘘つかない」

毎度そんなことを言っているので、相手の第一声は大抵「嘘だろ」「冗談言うな」などであるらしい。

もし彼女が彼らの立場でもそう言う。嘘であってくれという思いが反射でそう言わせる。

「会社はもう辞めた。時間もできたことだし、今まで棚上げしてたこと一気にやろうと思ってさ。そのうち会おうって言いながら全然機会がなかったろ？」

彼の口調はあくまで軽い。

「治療は通院なんだけど、やっぱり旅行はまだ心配だからさ。うん、出先で急に体調変わったりしたらって思うとなかなかね」

そして休みの日は誰かしらが泊まりに来るようになった。大抵は彼女も多少の面識がある。

「どうも、お邪魔します」

来たときは誰も病気のことなどおくびにも出さない。そして夕方から男同士で呑みに出かける。

彼女は同行しない。

「よろしくお願いします」

「はい、お預かりします」

誰のときも見送るときのやり取りはそんなふうになる。

「やめようよ、娘を夜遊びに出すわけじゃないんだから」

彼は毎回苦笑して、友達を肘で小突く。

「お前に預かられるのも気味が悪いよ」

「黙れ、病人はおとなしく預かられてろ」

友達と軽口を叩きながら出かける彼はとても楽しそうで、——楽しそうで、見送ってから涙が出る。来てもらえてよかったと毎回思う。

現状では食事制限は出ていないが、彼はいつも最初に一杯呑むだけで後は控えているという。

帰宅してから彼の友達が例外なく耳打ちしてくれる。こうした濃やかさは不思議と共通していて、彼とも似ている。似ているから友達なのかもしれないし、友達だから似るのかもしれない。

　彼らはきっと、彼女が預かれない部分を彼から預かってくれている。

　彼が席を外したときに封筒を返されることがあった。

「これ、あいつが渡してくれた交通費なんですけど……やっぱり、いろいろ物入りだろうし」

　取っておいてください、と毎回頼む。

「彼が遊びに行ったと思ってください。こういう病気になったら、皆さんを一人ずつ訪ねるっていつも言ってたんです。だからこれは彼の必要経費なんです。この分、機会があったらまた来てあげてください」

　それでも、と返そうとする者はいなかった。

「呑んでるとき、あなたの話をたくさんされました。出した本の内容とか、部数とか、執筆中の裏話とか。あの部分は二人で相談したんだとか、新聞に書評が載ったとか、すごく嬉しそうに。あなたのことが自慢で仕方ないんだと思います」

　その話を聞いたときは、急な用事を作って彼女一人で外に出た。戻るまで三十分ほどかかった。

　友達が帰るときは必ず彼から口火を切る。

「時間、そろそろだったよな」

　先に切り出されたくないらしい。

「また来るよ。今度は自腹で」

　友達がそう言い残して帰った後は、少し彼の口数が減る。

　招待する友達が一巡りしてからも、遠くから近くから遊びに行くという申し入れがぽつぽつと入った。

「大丈夫かよ、ホントに。時間、無理してないか？」

電話でそんなふうに言いながら、嬉しくて仕方がないことは弾んだ声で分かった。

＊

「猫が飼いたい」

唐突な希望に多少面食らった。

「また急だね」

「君だって飼いたいって言ってたろ」

結婚した頃からずっとそれは言っていた。主に彼女の希望だ。結婚当初の住まいは賃貸だったが、猫を飼っているわけでもないのにペット可の物件を探した。

もし出会いがあったときに、心置きなく飼える環境にしておきたい。彼女のリクエストを彼は丸呑みし、相場より二割ほど高い物件を契約した。

彼女の実家が猫の途切れない家だった。野良の子猫や迷い猫が庭先を出入りしていたと思うと、いつの間にか母が首輪をつけて家の中に引っ張り込んでいる。

そんな家で育ったので、彼女にとって猫との出会いはそうしたものだった。だが、この近所の野良は克己心が強いらしく、半径三メートル以内に近寄らせない猫ばかりだ。子猫にもしっかり教育が行き届いている。

出会いがないねえ、と呟きながら今まで来た。

「俺、動物って飼ったことないんだよ。実家がペット禁止のマンションだったから。この機会に飼ってみたい」

けっこういけると思うんだよな、と彼は独りごちた。何のことかと思ったら、

「君の実家の猫とはいい関係を築いてるから、俺はけっこう猫飼いの素質があるんじゃないかと。いい飼い主になる自信がある」

確かに、彼女の実家に行くと代々の猫たちは彼の膝にとぐろを巻いていた。特別かまっているわけでもないのだが、勝手に猫が寄っていくのだ。

「膝とか乗られても淡々としてるから、それほど興味ないかと思ってたよ」

「動物慣れしてないからかまい方が分からないんだよ。せっかく乗ってきたのに変な触り方して嫌われたらイヤじゃん」

「友達以上恋人未満で揺れる女学生のような葛藤《かっとう》があったのね」

地味なカミングアウトが微笑ましい。

「君んちみたいな猫がいいなぁ」

「分かった、任せといて」

書いていなかったことが起こるのは大歓迎だ。うちに猫が来る、これも逆夢。

猫のことは猫ババアに訊け。実家の母に連絡を取った。

「猫を飼いたいんだけど、子猫の心当たりとかない？」

「あんた、こんなときに猫だなんて」

「彼が飼いたがってるの。それにアニマルセラピーなんて言葉もあるしね」

そう言うと、母はそれ以上は何も言わずに猫データベースを開示してくれた。

「どんな猫がいいの」

「雑種の和猫」

「それならあんたたち、折りを見てうちに来なさい。ご近所で子猫の里親を募集してるおうちがあるから」

家族もそろそろ彼と平常心で会えるようになっていた。

自由業の気楽さで平日に二人でふらりと帰ると、彼女も門構えくらいは知っている家に連れて行かれた。

玄関に一番近い部屋が産屋だったのだろう、とっちらかった室内でようやく乳離れしたくらいのチビ猫が何匹も転げ回っていた。母猫がグレーにベージュの混じった淡い毛色なので、子猫もグレーの柄が多い。

「どの子でもどうぞ」

そう勧めた奥さんは母と顔見知りらしく、さっそく二人でお喋りをはじめた。

「どの子にしようか」

「もう決まった」

彼が軽く肘を挙げた。グレーの縞の子猫がシャツの脇を登攀《とうはん》中だった。白い靴下を履いている。雄だった。

実家に寄るのもそこそこに、その日のうちに連れて帰った。

「すげえなぁ、生きてんだよなぁ、これで」

　両手に載るようなサイズの子猫は一人前に家のあちこちを確認しながら馴染みを入れて回り、彼の膝に乗って毛繕いを始めた。初見で彼を登ったのは、やはり波長が合っていたのだろう。

「これが猫になるんだなぁ」

「言っとくけど、既に猫だから」

「いや、子猫って近くで見たことないから。大猫と縮尺が違いすぎて戸惑う。走り方とかもバネ仕掛けみたいだし」

　ぽんぽんと跳ねるように走るのは子猫特有の動きだ。

「……なぁ。ケツに顔突っ込んだまま寝たよ」

　片足を挙げて腹側の毛繕いをしていた子猫は、途中で力尽きたのか自分の股間に顔を埋めた形で寝落ちした。人間で言えば前屈したまま眠るようなものである。

「あー、子猫っていきなり電池切れるからね」

「やっぱどっかに電池蓋とかついてんじゃない？」

　指で子猫のお腹を探ったのは、その辺が怪しいと睨んだらしい。

「すげえ、起きやしねえ。俺なら寝てるときに腹探られたら飛び起きるのに」

「そうなったら大概のことじゃ起きないよ。昔拾った子猫なんか寝てるときは引っくり返しても裏返しても起きなかったもの」

「何で寝てるときに引っくり返したり裏返したり……」

「ノミ取ってたのよ。起きてる間はひたすら暴れ回ってるから取れやしないの」

「こいつも取ったほうがいい？」

「この子は家猫だから大丈夫でしょ」

そう答えると、彼は目をぱちくりさせた。

「家猫ってノミいないんだ？」

「室内飼いなら、一度取り尽くしたらもうノミを拾う機会がないでしょ」

「そういうもんなの？　ノミってどこからともなく湧くのかと思ってた」

彼にとっては初めての身近な生き物で、まったく勝手が分からないらしい。

もしかして、初めてあたしが勝てるジャンル？　そう気づいて少し気分がよくなった。雑学が多く博識な彼だが、思い返せば生物関係は明るくなかった。

「名前、どうするの？」

「ねこ」

冗談かと思ったら「ひらがなで」と付け加えられた。本気のようだ。

「もうもらってきちゃったからな」

彼は膝で眠るねこを撫《な》でながら言った。

「何かあっても後は追うなよ」

何気なく刺された釘が痛くて返事はできなかった。

猫のねこはあっという間に家に馴染んだ。親元に訊くと、みそっかすでいじめられっ子だったらしい。一匹になって却ってのびのびしているのではないかという話だった。

「痛《い》ってぇ！」

　仕事中、彼の悲鳴が頻繁に聞こえるようになった。ねこが彼を登るのだ。子猫の爪は鋭く細い。部屋着の綿パン程度はあっさり貫通する。

「ごめん、爪切って……」

　ねこを抱えた彼が泣きを入れに来る。子猫の爪を切るのは恐いという。

　指を一本ずつ押さえてパチンパチンと爪を切っていくと、彼は毎回飽きずに感嘆の表情になる。

「よくそんなにさっさと切れるね。しかも人間用の爪切りで」

「猫用のやつ使い慣れてなくて。簡単だよ、ねこあんまり暴れないし」

「だって切りすぎたら血が出るんだろ。どうやって見切るの」

「見当」

「恐っ！」

　大仰に身震いする彼に忍び笑う。ねこが来てから彼は表情が豊かになった。ねこは彼の不意を衝くのが巧く、仰天面から間抜け面まで今まで彼があまり見せたことのない顔を引っ張り出す。予測で先回りするのが習い性の彼にとって、ねこは生まれて初めて予測が利かない生き物らしい。

　こんな顔をするなんて知らなかった。こんなに知らない顔をたくさん見られるなら、もっと前から猫を飼っておけばよかった。数年分惜しいことをした。

「はい、おしまい。ねこ、登っていいよ」

「推奨しないで。爪切っても痛いんだから」

　彼が唇を尖らせる。

「こんなに痛い生き物とは知らなかった、猫って」

一般名詞の『猫』と固有名詞の『ねこ』は、自動的に区別がつくようになっている。

「部屋着、ジーンズにしようかなぁ。でもジーンズ固いから疲れるんだよなぁ」

「そうやって受け入れる方向に流れるから的にされるのよ」

ねこが登るのは彼だけだ。

「ねえねえ！」

大騒ぎで仕事部屋に飛び込んでくるときは、ねこが初めてのことをしたときだ。

「ねこが階段上ったよ！」

それまでねこは階段を上れなかった。ソファに上がるのもカバーに爪を立てての登攀で、もうカバーは糸がほつれてボロ雑巾だ。

「ベランダで洗濯物干して下りてきたら、階段の途中にねこが座ってたんだ。首傾げて俺のこと見上げてた」

「きっとあなたのこと追いかけて上ったんだよ」

「やっぱりそう思う？」

相好を崩す彼はもう立派な猫バカだ。お約束の猫写真も、ハードディスクを埋め尽くす気かという勢いで撮りまくっている。

「昨日まで二階に上がると恨めしそうに見送ってたのに」

――もし、子供が出来てたらこんなふうになったのかな。そんなことを思ってやるせなくなる。

猫だからこんな状況でも無邪気に溺愛できるのだということは分かっている。猫と子供では手間も重さも段違いだ。病気の夫と子供を抱えて食わせていく自信もない。

先に子供がいたらよかったんだけど、そうじゃないから。

要するにそういうことだ。ハンデが分かってから積極的な選択をすることは難しい。子持ちの友人の話では、夫婦そろって元気でも育児疲れで険悪になることは多々あるらしい。彼の病気と育児の二重のプレッシャーを抱えきれる自信はない。携帯を忘れて出かけただけで、泣きながら彼を詰ってしまう自分だ。きっと不安な分を彼に当たり散らさずにはいられない。

ねこのおかげで「もしかしたら」の顔を見られているのだと思うことにした。

不意に彼が背中から軽く抱き締めた。

「……どうしたの、急に」

「君にも愛を与えておこうと思って。ねこに妬くなよ」

「あたし『にも』か。ねこのついでか」

まあいいけど、と笑った。


執筆のペースは以前より上がった。何かに追われているかのように。

この物語を最後まで彼に読ませたい。——読ませられなくなるかもしれないという不安は常につきまとって離れない。

彼がプリントアウトした原稿を読みはじめたらそれを邪魔することは許されないルールだが、最近は微修正が入った。ねこだけは許される。

「やっぱり、君の話が好きだなぁ」

彼がしみじみと呟く。

「シリーズ物が止まる作家さんとかいるじゃん。俺が生きてる間に完結してくれよ、とか以前はじたばたしてたんだけど、病気になってからあんまり気にならなくなったな。死ぬ直前まで君の話をリアルタイムで読めるなら、止まってるシリーズも許せるなって」

――そんなことを、急に言うな。

鼻の奥が塩水で洗われたように痛くなった。冥利《みょうり》に尽きすぎる。

*

いくつか季節を過ごして、ねこはすっかり大猫になった。

彼に登るのはクセとして定着してしまった。

その頃の血液検査で、上がってはいけない数値が上がりはじめた。食欲がなくなり、見る間に痩せていった。数日間の短期入院を繰り返す。

治療が始まって三年目にかかっていた。このまま逃げ切れると思いはじめていた。

ついに捕まったのか。――取り乱すまい。彼にこれから一切嫌な心地はさせない。

「ごめんな、あんまり家にいられなくて」

もう帰宅許可を取って病院から帰ってくるような状態だった。

「大丈夫だよ。ゆっくり入院してきちんと回復させよう」

彼が帰ってくるとまとわりついて離れようとしないねこがニャアと鳴いた。

「ねこは寂しいかもしれないけど、我慢してもらわないとね」

「――君は？」

何を訊かれているのかそのときは分からなかった。

「そりゃあ寂しいけど。元気になるためだもの、わがまま言えないよ」

彼は返事をせずに膝でとぐろを巻くねこを撫でていた。


彼が帰ってくるときは、洗濯と掃除を片付けておく。もう週に三日も家にいられない。わずかな自由時間を家事などで潰させたくなかった。

「家がキレイだから飯でも作るよ。夜、何食べたい？」

「あたし作るよ。せっかく帰ってきたんだからゆっくりしてよ」

「いいって、作るよ」

遮るように被せた声には少し険があった。

「何食べたい？」

「……あなたは？」

「今の病院もハンバーグ不味いんだ」

「じゃあそれで」

彼は一人で買い物に行き、夕飯にハンバーグを作った。相変わらずおいしかったが、彼自身は食べ切らずに箸を置いた。


彼が病院に戻るときは車で送っていく。

ノートを持ち込んでそのまま夕方まで仕事をしながら一緒に過ごすが、その日は打ち合わせが入っていた。

家の近所まで来てもらった編集者と打ち合わせを済ませて帰宅する。彼に電話を入れておこうと固定電話の受話器を上げた。

受話器の中でコールが鳴りはじめたと同時に、部屋の中で携帯が鳴りはじめた。そしてねこがソファから飛び降りて逃げる。

見るとリビングのソファの上に彼の携帯が置き去りになっていた。ねこが寝ていたすぐそばで鳴ったらしい。

一瞬で頭に血が上った。――何で忘れるの。今こんな状態で。信じられない。

彼の携帯を掴んで家を飛び出した。腹が立って手が震えていたので、車は出さずにタクシーを使った。

病院に着くまでに気持ちは収まってくれた。

彼はベッドでいつものように本を読んでいた。無言で彼女のほうに目を上げる。

「忘れてたから届けに来た」

努めて軽い声で、決して責める調子にならないように。

「次から気をつけてね」

サイドテーブルに携帯を置くと、彼が低く息を吐いた。

「何で怒らないの」

「うっかりするときもあるから仕方ないじゃない」

「前は怒ったろ！　泣いて詰ったろ！」

彼はいきなり沸騰した。

「態度変えんなよ！　俺を腫れ物にするなよ！　頼むからわがまま言えよ！」

こんなふうに理不尽に怒る彼は知らない。理不尽にもほどがある、彼女がわがままを言わないから怒るだなんて。

病気になる前の彼の口癖を思い出した。――君を甘やかすのが人生の目標。

「甘やかしすぎてスポイルされたらどうすんのよ、バカ！」

無理をしてしゃんとしていた。一度挫けると坂を転がるように。泉のように涙が湧いた。

「俺の生き甲斐を優先しろ、バカ！」

「携帯忘れんな、バカ！」

「わざとだ、ざまぁ見ろ！」

ひどい喧嘩だ。こんなときにバカ丸出しだ。

バカと詰り合って終いにお互い怒っていられなくなった。沈黙でこらえ、吹き出したのは彼が先だった。負けず嫌いは彼女のほうだ。

「――ああ、すっきりした」

彼が気持ちよさそうに溜息をついた。

「妻がらしくもなく出来た妻になろうとするからストレスが溜まって仕方なかった」

「知らないよ。もう出来た妻になれないよ」

その日はねこの世話を実家の母に頼んで、病室に泊まった。

「君に罰が当たったんじゃないよ」

また帰宅したとき、彼は膝でとぐろを巻くねこを撫でながら不意にそう言った。

何のことか分からず怪訝な顔をすると、説明が付け足される。

「逆夢の小説。夫が死ぬ話を面白そうだと思ったから罰が当たったって書いてたろ。違うから」

言っとかなきゃいけないと思って、と彼は真顔で呟いた。

「煽《あお》ったのは俺だし、昔から俺いつも言ってたろ」

それは覚えている。


もし俺が死んだら、書いてくれよ。俺が死んだことを君がどう書くか知りたい。


そんなことを言うたびに、死んだら読めないじゃないと窘《たしな》めた。すると、その話を読むために死後の世界を信じることにする、と言われた。

「なぁ」

彼はあくまで顔を上げない。

「俺たちは最強だったよな」

「――そうだね、最強だったね」

彼の何気ない一言で物語がいくつも生まれた。

あなたに読まれたい。あたしと出会う前からあたしという作家が特別だったというあなたに。

もっと読んで、もっと読んで、もっと読んで。

あたしの物語を好きだと言って。

あなたはあたしの絶対の拠り所だった。

「あなたは最強の夫だよ。あたしはあなたの前でだけは最強の作家になれたよ」

他人から見てどうか知らない。だが、自分たちはこの形が最強で、この形が幸せだった。

後悔することは何もない。

*

桜がそろそろ散る季節の明け方だった。

家族に後を任せて一度家に帰った。

留守番をさせていたねこが律儀に起きてきて玄関で出迎えた。

「おまえ、あたしにも登るようにならなきゃね」

ねこはドアに向かってニャアと鳴いた。

彼が続いて入ってこないのが不満そうだった。

Story Seller

随分お待たせしましたが、『ストーリー・セラー』の対になる話はこれにしたいと思います。

よろしくご査収ください。

＊

原稿をメールで送ったその日のうちに、担当から電話がかかってきた。

「あの、先生、これ……」

当惑した様子の担当は、用件を切り出しかねているのか電話をかけてきたのにしばらく言葉を探していた。

「先日、法人にされましたよね」

「はい」

「猫を飼いはじめましたよね」

「はい」

「グレーの縞模様に白靴下の猫でしたよね」

「はい」

「名前はねこちゃんでしたよね」

「はい」

「命名は旦那さんでしたよね」

「はい」

「旦那さんが今年事故に遭われましたよね」

「はい」

担当はしばらく黙り込み、——やがて足で何かを探るような口調で尋ねた。

「このお話は——どこまで本当なんですか?」

「どこまでだと思います?」

それは誰にも言わない。

あたしは、この物語を売って逆夢を起こしに行くのだから。

fin.

有川浩（ありかわ・ひろ）

二〇〇四年、第十回電撃小説大賞〈大賞〉受賞作『塩の街』でデビュー。『空の中』『海の底』と続く、通称「自衛隊三部作」を次々と発表して注目を浴びる。本編四冊、別冊二冊からなる『図書館戦争』シリーズは、その独自の世界観と恋愛要素で絶大な人気を誇り、アニメ化もされた。『レインツリーの国』は、『図書館内乱』の中で登場する書籍の実書である。他著に、「自衛隊ラブコメシリーズ」と呼ばれる『クジラの彼』『ラブコメ今昔』、阪急今津線で交錯する人々の悲喜こもごもを描いた『阪急電車』、野の草花に託して恋愛が語られるベタ甘度最強の『植物図鑑』、うだつの上がらないフリーターが母の異変をきっかけに奮闘を開始する『フリーター、家を買う。』、アラフォーならぬアラ還トリオがご近所の悪を成敗する痛快現代劇『三匹のおっさん』、解散寸前の小劇団を主宰するダメ弟に業を煮やし、兄が鉄血宰相となって再建を図る『シアター!』、およそ人間業とは思えない所行の数々で、校内にその名を轟かせるサークルの伝説的黄金時代を描いた『キケン』などがある。

本書『ストーリー・セラー』の Side：A は、「Story Seller」（「小説新潮」二〇〇八年五月号別冊、現在は新潮文庫刊）に掲載されたものである。「面白い物語を売る」というコンセプトで「Story Seller」というアンソロジーを作りたい、という編集者の要請に応じて執筆された。作品とアンソロジーのタイトルが同じなのは偶然ではなく、アンソロジータイトルにインスパイアされて生まれたのが、この物語である。単行本化にあたり、Side：B が書き下ろされた。

ストーリー・セラー

著者
有川 浩《ありかわ・ひろ》

発行
2010年8月20日

発行者｜佐藤隆信

発行所｜株式会社新潮社
〒162-8711
東京都新宿区矢来町71
電話　編集部 03-3266-5411
　　　読者係 03-3266-5111
http://www.shinchosha.co.jp

印刷所｜二光印刷株式会社

製本所｜加藤製本株式会社

ISBN978-4-10-301873-5　C0093

乱丁・落丁本は、ご面倒ですが
小社読者係宛お送り下さい。
送料小社負担にてお取替えいたします。

価格はカバーに表示してあります。